融摄

Integration: The Tree of Light 1937

光之树

1937

宋逖 / 著

中国铁道出版社
CHINA RAILWAY PUBLISHING HOUSE

图书在版编目（CIP）数据

融摄·光之树 1937 / 宋逖著 .— 北京：中国铁道出版社，2017.11
ISBN 978-7-113-23847-6

Ⅰ. ①融… Ⅱ. ①宋… Ⅲ. ①诗集—中国—当代Ⅳ. ① I227

中国版本图书馆 CIP 数据核字（2017）第 239849 号

书　　名：融摄·光之树 1937
作　　者：宋 逖 著
封面摄影：Maruxa Gesto

责任编辑：王晓罡　奚　源　　　电　话：（010）51873343
装帧设计：中北传媒
责任印制：赵星辰

出版发行：中国铁道出版社（100054，北京市西城区右安门西街 8 号）
印　　刷：中煤（北京）印务有限公司
版　　次：2017 年 11 月第 1 版　　2017 年 11 月第 1 次印刷
开　　本：880mm×1230mm　1/32　印　张：7.75　字　数：150 千
书　　号：ISBN 978-7-113-23847-6
定　　价：48.00 元

我找到了朝向未来的命运，也找到了那来自 1937 年的光之树。

序 言

1937，“曾拥有过缪斯的铁证”

诗人都是历史录音主义者。尤其是像我这样收集了几千张历史录音唱片的重度唱片客。最近我迷上了英国女钢琴家林帕妮（Moura Lympany）弹奏的拉赫玛尼诺夫。听林帕妮20世纪50年代的历史录音时，我更换着我的电子管胆机上的音色驱动管，使用1965年12月出厂的蓝标VALVO古董电子管，和使用60年代末期的大盾、50年代初由西门子代工的德律风根电子管所取得的听感是完全不一样的。这些库存了近70年之久的古董电子管，让我更身临其境地深入到林帕妮在20世纪50年代的音乐会现场。林帕妮是得拉赫玛尼诺夫神髓的女钢琴家，在我读到的某些关于她的文章里，她被归结为“被湮灭已久的一位英国钢琴家”。不过实质上，林帕妮的钢琴艺术从未被“湮灭”过，她是历史录音桂冠上一颗最为耀眼的“珍宝”，虽然她的唱片从来都不好买到。收集她的唱片从来都是难事，多年来我也只有她在著名的“绿门”的两张，APR 的那一张和新近刚入手的 INTENSE 公司为她出版的 10CD 平价纪念套装。

对于我们这些从来没有机会聆听林帕妮现场演奏的人来说，这些唱片是进入林帕妮世界的唯一方式。我经常在写作的时刻打开CD 机播放她的拉赫玛尼诺夫,为我找到了更多的事关乡愁的“第六感”，尤其是如前所说，更换播放系统上不同年代的古董电子管时，林帕妮清澈神妙的琴声在音色上会有细微的变化，仿佛昨日之世界也是不确定的。在这样的时刻我总在想，我们自己的诗歌创造，在指向“过去的未来”的同时，是否也在同时探究着过去的不确定性呢？诗歌反映的是昨日之世界的“变数”，这样来说，诗歌即使是对于昨日之世界来说，也是一种不确定的平行宇宙。诗无尽头，有的时候面对着我自己的无法确知昨日世界的诗歌，我会想，也许这才是诗歌本来的样子呢。

当然，对于我那些重度历史录音发烧友朋友们来说，听林帕妮的激光 CD 唱片是算不得数的，必须要满世界去收集她的 LP 唱片来听，才算得上是真正的林帕妮骨灰级粉丝。不知道他们是否已经找到了发行的林帕妮的二手 LP，反正我是从来都没有见到过一张。说起 LP 唱片，想起诗人严力也曾托我帮他找一些 LP 唱片，他倒不是为了听，而是使用废弃的 LP 唱片做艺术装置绘画。我还真帮他找了一批，当然都是摇滚乐 LP，搭配了几张爵士乐的 LP。这些其实都是一位蓝线唱片行老板傅雄先生帮我搞定的，我想他一定奇怪我这样既没有 LP 机也从来不听摇滚乐的人找来这些 LP 做什么用。

严力的诗歌总是充满了奇思妙想，比如他曾经在诗歌里写过苹果树上长满了易拉罐的叶子，来隐喻我们所处的这个时代。还记得 2013 年北京的“在 3 画廊”举行“STAR STAR STAR 严力个展”，香港女诗人布咏涛当时不在北京，特别托我买一本个展的诗画开幕册子留给她。后来女诗人一直没有回来北京，而是移居新西兰，而且她在当地电台继续她的女主播职业。我也就一直没有机会把严力的这本诗画册给她，反而成了我自己看得最多的一本书了。这也是一种缘分吧。2017 年是严力先生在纽约创办的中文诗刊《一行》创刊纪念 30 周年。我自己最早的一些诗歌就是刊发在 20 世纪 90 年代《一行》杂志上，1999 年 5 月出版的总 24 期《一行》还刊发了我的两篇诗学随笔《重现的竖琴》和谈白银时代诗人曼德尔斯塔姆晚期诗歌创作的《流亡的语速》。从某种意义上来说，90 年代的《一行》开放性的办刊惠泽了整整几代汉语诗人，也像当时的“朦胧诗”一样带给我最早的诗歌启蒙。而30年来，作为兄长般的严力也一直激励、鼓励着我进行诗歌创作。近来我重新看严力在 1995 年 10 月 4 日送给我的他的诗集，对我来说是极为珍贵的礼物——一本上海文艺出版社出版的印数很少、市面极难见到的《严力诗选》。“请还给我那扇没有装过锁的门，哪怕没有房间也请还给我。”这首严力的代表作《还给我》后来被刘索拉拿去谱曲演唱，还灌录了磁带发行。诗歌也是这样的“还给我”，还给了我们那属于没有房间的也从来没有装过锁的那扇“门”——诗歌虚无的窄门，或者唱片发烧友们热捧的“绿门”（一家日本历史录音小唱片公司的名字）。而这种诗学性质的门要要求着我们承担。只有这样进入诗歌的内部才能扛起那“黑暗的闸门”（夏志清语），也让我们“触及光明的挑战”（严力语），找到属于我们自己的那来自 1937 年的光之树。

我自己一直认为，我是受所谓“朦胧诗”影响的那一代诗人，虽然在这个时代似乎谁也不愿意承认是活在“朦胧诗”的阴影下。2010 年的 1 月 8 日，我拿到诗人多多送我的一个意外的馈赠，好像是从荷兰归国的多多突然从哪个老朋友的仓库里找到了一批 1988 年印刷的“首届今天诗歌奖获奖者作品集”《里程——多多诗选 1972—1988》，是非常珍贵的油印本哦。“梦，是一个农夫站定。”多多的诗歌就这样震撼着我。在此之前，我已经读到他的诗集《阿姆斯特丹的河流》。我个人一直认为，我们这一代诗人首先接受的是“朦胧诗”所带给我们的影响，然后才去接触欧洲的当代诗歌，接触俄国阿克梅派的诗歌，起码对于我个人来说，朦胧诗对我是有着诗歌启蒙的意义。而我自己的创作也是对我的这些亦师亦友的诗人前辈的致敬。记得有一次我正在北京隆福寺的中国书店，突然接到多多打来的电话，告诉我意大利男高音歌唱家朱塞佩·迪·斯苔芳诺去世了。在此之前我几乎很少听声乐唱片，基本上都是钢琴 CD 和室内乐、交响乐 CD。接到多多的这个电话，我突然感到我脑海里的一个“开关”被打开了，回家就去下单买朱塞佩·迪·斯苔芳诺的唱片。女高音台巴尔迪记得也是多多的强烈推荐，她现在是我最喜欢的女高音歌唱家了。她的唱片我几乎是找到一张买一张，总是担心遗漏她的任何历史录音。说回诗歌，“朦胧诗”是我自己诗歌创作的一个很重要的精神开关，给我打开了诗歌的新的可能性。

记得 20 年前，曼德尔斯塔姆全集的译者、诗人汪剑钊从俄罗斯访学归来，带回来几盘俄国诗人阿赫玛托娃、茨维塔耶娃的诗歌朗诵会录像带。那时候我们还都没有录像机，于是找到了女诗人潇潇。她开车一个多小时赶到我家，抱来了一台日本产的录像机。于是我们三个人就开始看似乎是直接来自于缪斯女神的朗诵。我和潇潇都不懂俄语，指望着汪剑钊的即时翻译，结果他除了开头简单传译了几句，大概是介绍朗诵会的情况，等到阿赫玛托娃在低像素的录音带里开始读诗，我们的译者就再也不开口说话了。记得我们就这样寂静地看完了整盘录像带。我完全不知道女诗人在向我们传递些什么，只是深深地被她的语调所震撼。那是诗歌本身的声音。看完录像带，潇潇因为还有事，匆匆地抱着她那台录像机就离开了，也带走了那盘我怀疑是经过转录多次的像素粗糙的阿赫玛托娃录像带。这件事过去已经有 20 年了，但是女诗人的语调和声音在我的脑海里就像昨天一样印象深刻，完全不知道她在用俄语为我们朗诵了什么。但是在今天我在写我自己的诗歌的时候，我似乎仍旧会感到是她在我的身后耳语、口授，而这样的幻觉仅仅是由于诗人的第六感而产生的吗？

每次提到我的诗歌创作中的神秘主义性质的语速，我都会想到那部美剧《X 档案》，它甚至比超现实主义诗歌对我更有影响。总是想写一首关于斯考莉的诗歌，也许我已经在写这首诗了。在我看来，诗歌是有禅观性质的，诗歌本质上来说是一种超现实主义的禅观，是我们凝望的过往、当下和未来。关于这一切我在音乐中得到了很多。理解并非来得很快，大概在 90 年代末我买了一张海丁克指挥的肖斯塔科维奇第 15 交响曲的激光唱片，这张唱片在我的抽屉底层放了 10 多年，最近我才真正进入、理解了海丁克演绎的世界。海丁克的这个版本的肖斯塔科维奇第 15 交响曲，将老肖晚期音乐里那种特有的神秘性完美地诠释了出来，那个命运般的神秘性，如沉静凛冽的寒冷大气层一样展现重重穹顶。那个面向未来的命运，就是这样被融摄在一首诗里，女主人公战栗的嘴唇，比蓝天还要蓝的旗帜，我们以往的岁月，让我们重新进入那禅观般的凝望。

收入这本诗集里的诗歌有部分刊发于各种刊物，其中两首组诗《流亡编年史》和《交响套曲》，前者是献给和描述前南斯拉夫女艺术家玛丽娜·阿布拉莫维奇的，后者则与日本指挥家西本智实有关。遗憾的是我至今还没有看过西本智实的指挥现场，那次她在北京的音乐会我被一些事情“耽搁”了。这两首组诗都是计划中的《1937》的一部分，1937 年代那一时期的历史是我的诗歌所感兴趣处理的一个主题。最近计划写一组关于西伯利亚大铁路的诗歌，这是《1937》的另一个组成部分。什么时候写一首拉赫玛尼诺夫的诗歌呢？或我最近经常听的 1987 年出生在格鲁吉亚的年轻一代女钢琴家 Khatia Buniatishvili 呢？就像未来总是隐现于昨天一样，我感到这位生于第比利斯的女钢琴家也出现在 1937 年代的镜中。

可能说到底，诗歌也是一重意义上的作曲。像我这样的收集了几千张历史录音激光唱片而又完全不识乐谱和不会任何一种乐器的人，总是一种相当奇怪的存在。朋友们也总是徒劳地去猜测我新写的诗歌和哪一位作曲家或哪一张唱片有关联。诗歌意义上的作曲意味着你开始听，以你的彻底了的“聋”去听。诗人，也只有在彻底聋了之后才去听。所以我写了“田野的助听器有了光”这样的诗句。

经常会想起 20 多年前在王家新家里听里赫特的“拉二”的情景，好几次晚上就睡在他的书房里，记得我还专门写了篇随笔《诗人们都在车库里》。写这篇文字的时候我听的是 Khatia Buniatishvili 2016 年岁末在布拉格演出的现场。第一次买她的唱片是那张著名的 ECM 公司的《电梯上》。她的演奏在我的心底荡起波澜，仿佛如冰之火、如火之冰，听她演奏的这一版本的“拉二”真能让人听到枝寒雀静、故国不再的地步。仿佛令人战栗的缪斯真的是最晚来到我们之间。诗歌也是如此，罗贝托·波拉尼奥曾说过这样的话：“诗写成的地方，我的祖国。”1965 年出生的我，要到我的中年才能出版我的第一本诗集。在已经出版了三本书之后，诗集是我的“第四本书”。

感谢我的朋友们对我的鼓励。写诗，用我的朋友耿捷的话来说，就是我们曾拥有过缪斯的铁证。是为序。

目　录

第 1 辑

第 2 辑

第 3 辑

交响套曲（组诗）

第 4 辑

第 5 辑

辑

在新娘城

戴安娜的石榴

白鹤向君家
羁旅愿重归

白色酒之甘露滴
红色酒之甘露滴
秘密酒之甘露滴
无法言说之当下
心底充盈内在之丰饶
与君共勉之

一

和我一起起床的蓝天
在听你用万万朵白云的名字在摇铃

妙舞，甘露波罗密多，心念之大乐秘密宫

二

波斯地毯，如果你能带领我看清楚
那几千种蓝色之上被黎明吻过的那二十一种蓝

如果你以绿度母的心念
加持我最愚蠢的祈请
如果你溅入我心底的蓝
是与忿怒无分别的果实
是大圆满的秘密心滴

三

唯有你能命令我
从几万尊狮子的蓝绿大海中取出那只红色小鸟的蓝嘴唇所说
我所依靠你的长发辫所看到的
移喜措嘉佛母眼中蓝之波罗密多

四

在新娘城
空行母们继续穿上袜子在写诗
而诗人们尚没有从大海里拎出她们的打字机

五

在这里
茨维塔耶娃问我阿赫玛托娃从来没有问过我的问题：
“那个大圆满的快递员
会把他心性休息的邮包藏在你心上的哪个地方？”

六

在这里
“我之所悲在轮回”

我用 BlackBerry 手机录音仪
录下了她的普贤行愿品唱诵

如果我愚蠢的耳朵
会因此而开悟

如果我因此哭了
如果我是她手中那名为信念的石榴

如果我愚蠢的开悟
是因为我曾经多次这样被加持过

在岁月的码头上我如何咳嗽，梦到你……

如同河流般消逝的河流
如同山峦般消逝的山峦
如同国家般消逝的悲伤
如同道路上哭泣的慈悲

如同秘密道歌里那只曾叫我的白鹤
如同河流般涉越不过的河流
如同大山不曾梦见过的大山

如同信仰在李岱昀从不曾完成的画中
如同盛洁从来不曾拉过的小提琴
她们才是真正的诗人

如同河流从未曾预言消逝过的河流
如同我从未曾走向你
如同白蜡烛歪曲了正出走的乡愁
都是你所不能给信仰者的

如同彻底掩住了耳朵的河流所听不到的船
如同被彻底放弃的船所掩盖的宇宙
如同身体的宇宙所突然握住的你的疼痛

如同刽子手们回家
如同每日的绞索都比地狱之花安静

在岁月的码头上我如何咳嗽，梦到你
如同两条河同样偷去了
一秒钟之内般战栗的睡眠

如同两条河流所交织成的你名字的 X 光机
我是该跟着岁月咳嗽
还是用如铁的肺呼吸这个国家的意外的夜
用更多的河流握出拱门上的火

在如火的河流中我将如何呼吸
山峦拥抱那些隐身的神和我
你有玛哈嘎拉护法神的房间
重回的白鹤啊请证明我出生时的暴风雨
请用一只鞋穿在两个愤怒的早晨
我带着花如同那些消逝的河流

菩萨啊我的道路正察觉出我们活在世上
找出每条河流的刽子手
找出命令我们走出二十步的树木的计价器
我们停住，文学史推出那河流般
锈迹斑斑的 X 光机掩护你诗人的身份

如同岁月的码头你已不再用黎明写诗
我们都用那些布满了火焰的李子树去消灭

浩淼河流般的弱音器
世纪的高昂的马头啊
从贝多芬的聋到安娜们的铁裙子
我都像被那些船所挽救的河流们那样病过

那悲伤的火决定用线来缝纫我们
把一道里维拉的河流缝纫成小提琴
把我从未写过的诗缝纫成刽子手们的河流
你将如何在最后咳嗽
当那些我们察觉到的信仰变成这一夜的 X 光机

感　情

歌声总有回来测体温的时候
每一棵暂时带走了我的歌剧的白桦树都会放出她们的
女主人公朗诵我的诗歌

在后台是童年的你在盾牌和台词的黑暗中唤醒那个
被我忘记命名为作者的守夜人

我在你的房间中取出樱桃园那不叫契诃夫的名字
给每一句台词里我对你的感情测体温

REQUIEM

中提琴是我的田野的助听器。

——题　记

使用着翡翠被黑暗眺望出来的抛物线为那座塔回头
那些圆心仿佛没有我们用暴雨洗塔

被麦地听旧了的田野还给我肉体疲倦的白帐篷
拿过中提琴的孕妇用助听器喊回死者走过的脚步

铁从铁里眺望出海：用比宇宙黑暗的锚进入密集的凯旋
刽子手们最后取出象牙念珠

被眺望的水比石头沉重，有一万座塔跟着大地出门
骑兵师在离开一句祈祷后

听我身外的一万座塔用我没说过的词回家
我肉身内更多的塔被刽子手们借出，所以波浪像镣铐

听着，我写过的词并不在这些黎明如果还可以被说出
接着，肉身是更看不到的塔代替我们喊回了那些河

海鸥的助听器照亮了纯洁的死亡，几万里之外的塔
浪费了几万年的暴雨

我是拿起过中提琴的词
田野的暴君般的力量啊，我将不再埋怨你，我也将不再为你死亡

在一块翡翠里听冷到女高音的气候啊
在一块翡翠里听冷到白鹤的气候啊

你叫祖国如何归来
你叫我如何成为被刽子手们丢弃的塔，从几万年里偷出这唯一的秋天

如入庙宇般的心
翡翠的听到冷的肉身，我彻底交给了你，在十万道金光入海的诵经声中

她们有你翡翠般听到冷的今世啊
在今世我还给你，在那些念经声停住一个夜晚的船的命中，轮回空着那

上不去楼的花
听冷了几万年暴雨中的铁，她们统治翡翠的女高音

诗　歌

一只鸟住进我们的姓氏眺望大海。

——给 L 的话

肉体如安静的宇宙
到哪里去找我们最初见面的时刻

再用哪一座前生的屋舍去眺望暴风雨
轮回打开了她着火的地址，我挣脱我的身体被写下

秘密的念头啊每一夜都回到地藏王菩萨本愿经
我的爱人因此有大海会和我在一起

头顶上钢铁的涓流啊你已经认出了我
和你在一起的护法神啊你已经认出了我

为什么我们的爱人来到这个世上比我还要晚
为什么晚于我们的你最早拥有着我们的名字，我们的竖琴

为了和你在一起那钢铁的涓流啊不曾为秋天停息
为了你我写下新的诗歌抛弃我自己

多么缓慢啊我们用命数的屋舍锁住了我们自己
多么傲慢啊我们这一世还是在一起

我用贫困了我的诗歌那山峦般的岁月低头
我拥有着你的名字手里才有更沧桑的竖琴

新的如梦的涓流啊你还没有在乎过我的旧奇迹
那两个人的本愿经用莲花烧焦着莲花

用再一世的莲花啊去认出，用红莲花和白莲花般的宇宙的灯
眺望我的爱人长大后的如钢铁涓流般的身体

让一只住在我们的名字里的钢夜莺
在许多世的竖琴啊再汇成你和我

答策兰或我还被允许拥有

我们没有资格回忆。

——保罗·策兰的日记

你把安魂曲还给我的时候偷走了田野
20 年的安魂曲偷不走死亡，如我还被允许拥有——

溅出火花的湖泊偷走了那些充电的鱼
船夫偷走了我的诗

我的诗偷走了疯读者
读者的心偷走了不在书店着火的书

书里的词偷走了机遇篇章的大火
我在那些被丝绸斟满的火焰上看见钢琴家最野蛮的手

握拦的是你，田野啊请偷走我每一夜安魂曲里的再生
死亡啊请留下咏叹调在潺潺水声中偷走锚

锚在身体的火药中偷走被烧焦的雪
雪是诗歌里的词偷走点火的士兵

士兵们偷走为了这道河流最悲伤的强盗
强盗们偷走我的道路

我的道路偷不走那些念经的人
那颗用完了悲伤的心的强盗偷走吧为什么你曾经忏悔

我所有的睡眠用完了五月
被弄瞎了的白杨树呼吸着，用光了所有盲人手里的照相机呼吸着

被偷走了凯旋的我们可以领着看不见安魂曲的菩萨们回家
出海我有你们最盛大的强盗的心

那些船偷走了出海者
我是那恸哭的强盗，用光了你名字里的妙法莲华经去偷轮回最野蛮的火

最野蛮的钢琴手解散大地的白帐篷，如我还在沧桑中没有走
你的诗歌偷出了那些禁止被白杨树回望的安魂曲宪兵

字幕组 1959

这十万空行的红色小鸟
甘露解雇了每一次白莲花里的乡愁

“坏保姆们，解雇了每一次早晨的工作”
幼稚园解雇了在女童梦中尖叫的校车

——题　记

我解雇了黎明
但你还是我的夜晚

我的夜晚解雇了灯塔
但你还为我藏起了被夜曲袭击的跑步者

我解雇了祈祷
但你还唯愿有信仰留给我

我走出那被歌声唤回的漫长牢笼
但还能看见你

我还有太多的春天需要你解雇
你解雇了我的缪斯因为你还等着我

去听吧守夜人解雇了黎明
缪斯解雇了诗歌里被伪装的村庄

村庄解雇了带着墓志铭的收割者
你解雇了能洗去黎明的悲伤的心

心解雇了暴君们的恸哭
一把小提琴解雇了石头里面的波涛

被我眺望的绳索解雇了的河流啊
解雇了驶向我的唯一的词的船

我代替诗人们解雇了他们从未写过的词
握有我的名字的缪斯解雇了我的朗诵

所有的朗诵者解雇了和寂静相拥的旧凯旋门
起飞解雇了被我在黎明前用光了的燕子

燕子如果能解雇通过了海关的你
护照在你我之间解雇了流亡

挂在盒子上的女孩们

多么迷路的女孩
天才加了点叹息的霜淇淋
而诗人命定要买空中阁楼
借助超现实的电梯才能回到大地上

为了接近你
我必须如盾牌去编织着三十朵太阳的冰
美好的冥界的花儿啊
我赞美
把青岛教堂的圣像放进蜂蜜般的梦
为祈祷加了一点信仰的盐

带着秋天厨师的人必须听收音机
摇滚乐必须有未婚妻的超短裙
我重新变成了你
在摇摇晃晃的大钢琴上骑自行车

所有为了心的祈祷必须停下来
那些蒙住了眼睛的心脏病
必须熟悉首都的泪水
和我代替山脉使用的 2B 铅笔

我参加过你的聚会
你说这是波罗的海，其实却是北京的舒伯特
照相机洗着那些焦点之外的雪
鸟儿们如同摸索着心脏的屋舍
向每一棵邀请主唱跳舞的树借电话机

要在 10 月 25 日才能用停泊编织好通了电的船队
秘密的，有着你名字的铅锚如同 MS20 的田野
那一天我不去
火车贴紧了那些骑着黑骏马的晨光
如锁链般还给你的羞愧带着雷霆旅行

在这个世界上为你叹息的诗人只有一个
在另一个世界请回头看我
请原谅我用了你的名字
去取出那叹息春天凶猛的火药
跟着梦梦回到童年
或回过头来吻你

搂住那在激流中沉睡的士兵照相吧
在 20 年前我不认识你
这个世纪最饥饿的燕子啊
如我的听力正发明新的手雷，用你听不懂的海岸线说话
脸对着脸

麒麟对着喝醉的麒麟斟酒
扯起了几万匹红布的大船用夜晚照亮十万须弥山

乡愁也是，那必须穿着娃娃裙弯下腰贴海报的女孩
气候粗野的叹息绝不挂在盒子上

如同江湖的刀带着足够的灵魂和我赛跑
江月唤愁生的回头挣脱着唐诗
别相信你会独立于我
在 WeChat 上每一个秋天都有被风暴邮购的噩梦
散步者的私酿酒像是警告

听一听你的歌声吧
这是第一次
黝黑的，被染黄了的头发多像是我自己的姐妹
如果那些吉他田野因为乘坐了地铁有了伦敦口音
我们来不及讨论心如狂象的候鸟们
为一本书的安静而换掉新鼓手
但是苹果树倚住苹果树才能活
几万米的高空中小鸟为了信仰而撒尿
几万米的高空中我为了菩萨们而返身

迷信的挂在盒子上的女孩们啊
是我的田野军队
是你迷途时
沧桑也用一夜的超短裙叹息的赎罪；那些戴着耳钉的阿赫玛托娃们
像是不朽的谜
也像是在雪橇和无线电之间的签名的田野
我又怎能回身警告你

写给一个“黎明的病毒库过期的”女孩的即兴句子

一

我把合成器紧紧缝在你的裙子上为了拆出更多男低音的田野
为了这样的盾牌我们把地平线交还给国家
为了你我将更悲伤地纺织着那藏了锦缎的大海
直到纺锤从你的梦里脱手
直到我看见搭车人用蜂房拢住黑夜
直到我的姐妹们守紧贞洁的雪开动拖拉机

为了我偷回乡愁的采样机
为了眺望听力中变灰的涡流我在吻你
我离开，在我知道你名字的那一刻
哦，天鹅将宽恕这些缎子鞋
不是为了给我的爱人穿上
而是为了测量田野上被深埋进裙子里的闹钟
不是为了我将认识你

我会带着墓地之花的出生证
我会
如你把那些机器人的苹果用田野的金边镣铐住夜莺
这些制服照样像洗着望远镜的星空
我请求你闭着眼睛记住此刻吧

因为不再会有今夜
也不再会有你在冰块上雕刻小猫头鹰
亲爱的我们说话了
我们已将陌如路人

二

用机器人数着星星们并狠狠插进那苹果味道的田野
我已将爱过了
我购买那裙子上的盐的味道，我的霜降将变冷
直到你老于我的沧桑并爱着誓言

用身体的马蹄铁来绷紧每一夜的古琴吧
肉体的朗读开动拖拉机也不会快过你
昂贵的血统我包紧了粗布来听那变少的铃铛
我写出了更过时的诗如果你抱紧我
一夜一夜的房子使用黎明微弱的呼吸机
会有你的拥吻如田野抖下那刺目的种子

我遇见了对手
请等着化雪的马蹄来把睡眠领出灯光吧
25 瓦的基准线如燕子般跳跃
越往前走的树越用大雪压低音箱的寂静
我嘴里的哨子从乡下的旅馆里抽出最孤独的冰
你挽紧我的手
让地平线偷出我们听力里所有的不可思想的河流吧
纺锤高过李子树
夜莺们代替机器人狠狠拧发条

非昆曲素描

锦囊中唱着昆曲的武官们在玩夜之铃铛：我要在几秒钟之内
从被荷花没收的海报中取出单声道的宇宙

鸟在两个铃铛之间暗示慢镜头的虚空
再一次吻，孤独用震耳欲聋的宁静避开我们
穿着救生衣的发言人从波浪中抽出锚
口含温度计的石头狮子离冰很远
那是每个人都要避开的黑暗的根
再一次做爱，就回到童年

在风暴的名单上我偷出我的名字
被鸟领着的降落伞
不要把唐诗的客服电话交给树林
从蓝中俯首抽出笛子
而整个湖面还在冰镇着烧灼着白昼的朗诵之心
打着灯笼寻找我的身体

不要把一句诗授予买错了鸟巢的树，信仰的挡箭牌
我又回到了你的怀中
宇宙把更宁静的闹钟重新投入我们的身体
如果是我的
真理般的窃贼不会用那些航线踩灭了黎明屋顶的灯
无论是炊烟还是你梦中粗暴的呼喊

国家害羞地为她的厨娘换另一个秋天的锁

一把小提琴使用了这些晨曦
在说保加利亚语的边境和莎士比亚的大舌头之间
灵魂们误了轮渡
并折叠起被读出地址的翅膀
请告诉那些被梦到了名字的人：被刽子手们偷带出的慈悲
从未原谅我
在波涛中运送佛像远去的船，安排故国的塔如业力流转
几百只蜡烛把我的盲目扔回了高空，并且流泪

夜　晚

田野的保险丝断了：夜
取出了它放在灯塔里的针线包

我的船队以漂流亲吻着单声道的玛茨
重又梦见剧场再次缝出灯火辉煌的裙子

我的祈祷拥有太多方向不同的小鸟
把从舵上喷吐出来的红线用它们冒烟的嘴唇咬住

如果你是大地上唯一的美人
那昂贵的孤独是用倒退华尔兹编结成的破冰船

一万颗珍珠推动黑天鹅绒的气息是多么冷酷
冒着暴风雪的房舍打开了密集的黑钢琴

如果我还有你用村庄为我准备好的变成了篝火的地址
我正归来和那真理的镣铐又一次擦肩而过

新的一天已习惯用无可辨认的雾来填写我住过的身体
是你，在旅馆的镜子里找到我更偏僻的树林

蜜糖机关枪

让贞洁的制服低烧于蜜糖机关枪
整个国家在口服黎明那荒凉的避孕药

——题　记

山峦有着奶牛般辽阔的安静
抱紧着古筝的大海用每一夜的眺望洗脸

——题　记

在喷薄欲出的海流里请不要为孕妇埋伏针线包
你是我每一夜的蜜糖机关枪

早霜新娘那羞涩的寒冷
美的统治者 27 岁

每一台田野的拖拉机因为穿制服而温暖起来
祈祷不再痛于信仰的无用

机关枪蜜糖
请统治我用新的机关枪村庄

海流般喷薄欲出的马头
请用贞洁来扫射我的机关枪沧桑

请为那秋天的蜜糖加满私刑的热盐吧
你肉体的喊被满月的黎明用透明的子弹劝阻

把我的爱情扫射于那一片机关枪头巾
美的弹壳用你烈焰的口唇来含紧热泪

蜜糖机关枪扫射那围着白围裙的田野
闪电的手套在每一夜的

比铁还要黑的贞洁中
取出彻底洗干净于黎明暴风雨的针线包

我知道你回来了

黎明的退休金，窃去吧我一贫如洗的诗歌
已经再也不写了，我却爱上了你

窃去吧我秘密的回到故乡的身份，多么不结实的岁月啊
用那么多的红睡袋里的蓝色还给我天空

多么悲伤的鸟啊
用每个星期的被想起的樱桃来还给我愚蠢的蝴蝶的一部分

以及为什么暴风雨会对我梦中的静悄悄的爆炸有兴趣
以及 H·涅高兹彻底毁掉了燕子们锁紧的火焰中的灰蓝色

铁线上的光在搜集谷粒所泄露的盐，秋天将如何交给蒙太奇
每一次在屋顶上换白衬衫的鸟巢又用光了我的诗句

在田野的行李寄存处，我曾在昨夜失眠
在小小的田野的行李寄存处我用光了诗歌的黎明而知道你回来了

云雀邮件

晨树尚不及深牵你的手来鼓励我，港湾的信件错用着疲倦的花朵在数黎明

我丢失了在这个世间的工作，爱上了你

云和夜晚的念经人

在每一个放开了暴风雨的身体的大篷车里都有你的依靠

小小的海的依靠，我在爱你的时候怎能帮助

你回到我的身边，但是不要

但是不要向悲伤租用那每一句诗歌里的骑兵师，他们依靠我前世的溃逃

依靠你吻过我的嘴唇在黑暗中朗诵

如果云雀流泪于你从那些湖泊中取出的铁锤，蒙太奇般的鞋子

旅行在我写给你信件的第三行

在突然被唤醒的野营地，绿树们用着火了的练习曲解散邮递员们的乡愁

我爱上了你，那云雀邮件该如何偷走你电话线那边的田野地址

无　题

在几万米高空撒尿的小鸟
通知黎明下雨的消息

花朵吐出喷气机轰鸣着擦过嘴唇的子弹头
海岸线只有一个被春天忘记的标靶牌

三月的太阳啊如田野上最后的创痛
这是诗歌对你童年唯一的无因袭击

如太阳般的力量被猛然抽去
——纪念至尊巴珠仁波切

如太阳般浩淼的力量被猛然抽去
悲恸的田野刚赶得及回家
为什么我们失去了我们集体的父亲
我们以你从未离去的回来
轮回在另一尊着火的金刚橛上
马头悲鸣，你已然加持过我

道歌黄金般的白莲花啊还有那些挽留住红莲花的小鸟
这刺目的日光我曾经拥有你
还给整个村庄的慈悲
还给整个寺院的最冷的太阳啊我也曾经丢掉过我自己
这是谁在恸哭
这是谁我们曾经安静如伏藏大海

如太阳般的力量如果我还来得及
如太阳般的力量我猛然被失去
大地上再无救怙
如太阳般的力量这悲恸被你用轮回猛然抽去了
为了救我们
我们该如何回到你?

回答或四月
——1928年在 Lake Baikal

已经没有缪斯理解我们。

多少错误的姊妹在用错着我们的词
多少错误的缪斯在为我们回头。

伦勃朗般的黑暗，为了阿赫玛托娃，为了在我的门口。

——给一名诗人的话

普陀之主在远方
黄金铠甲所悲融心流
在统治主与度母清净呼吸的尸陀林地
为了我还没有给你写诗
为了我还有你全部的屈辱无人问津

深藏在黎明里的铁在你的眼中无人问津
我该如何交还给你的吻无人问津
是别人的了如果你还有及时雨林的手风琴无人问津
是的，我最后的为了你那裙子下野蛮的大脚无人问津

为了写诗歌你丢失了缪斯
为了再次为我哭泣这一切都是证明爱着你啊
全部黎明的刀会慢过你写错了的隔海的告密者和刽子手
唯一的黎明啊我为了我无人问津
唯一的你啊该怎么办

是田野偷走了我歌声中的录音室啊
是一列火车偷走了那随后不说一句话的我从来不敢写出来的姊妹啊
是不再是你回头就被割下头颅的野麦地啊
是再也不是我的女高音为我买下了这肉体，要使用错掉什么样的入场券啊
让我用一首诗歌来错写你

让戴着耳机的哥本哈根再次看到海鸥拧亮了迷惑于轮回与涅槃的执着之海吧
让依旧带着打字机的流放者吃掉装满了电子墨水的胶囊吧
每一句诗歌里失事的词都有你早就拿走了的指南针
无人问津的是贫困的心脏病的头巾啊
无人问津的是再也不愿意翻译阿赫玛托娃诗集的厨娘啊
如果每一棵树为征用了那故乡的轰炸机的流水线而羞愧
那就快让船夫在每一夜天空的河流上出现啊
无人问津的是你不生活在彼岸

就让女护士们戴着耳机从每一棵树的制服上撕扯下星星吧
无人问津的是野夜莺还从来没有使用过你肉体的田野啊
无人问津的是起床号还在命令骑兵师退出你的墓地啊

无人问津的是你的墓地还没有退出你写下的每一个词啊
这被门铃折磨的词正退出每个女护士粗暴如海的手指啊
这安魂曲般的怜悯正在女高音的嘴巴里无人问津啊
轮渡上你该如何握紧我的手
为了放弃我啊

为了放弃我啊你在偷光在每一个早晨走光的电子邮箱
为了放弃我啊故国草木深也深过了你孤高眼睛的布谷鸟
多少偷袭者在穿着女护士们的制服啊
多少个童年的我在戴上耳机穿过你早就为我偷出的词啊
无人问津的守紧了灯泡的鸟正修改着 1928 年的蒙太奇啊
为了快些放弃我啊

但是为什么每一把椅子还没有放弃他们从来没有买回的口琴啊
但是你为什么还没有放弃那每一列卡车左边突然多出来的宇宙啊
但是缪斯们为什么还没有放弃已经从来不写诗歌的我啊
把我的名字和绿度母的圣像放在一起

如果每一个从来不会写出的词都还在威胁着要偷走打字机
为了多少海誓山盟我把你的名字走到故城草木深的地步
为了多少女主人公已经还给我的婚礼啊
女高音正开着卡车消灭掉那不再多出来的宇宙啊
无人问津的踩过了大雪的海蓝色的铁的摇篮啊
为了每一尊菩萨和我一起走进电梯间啊
为了你递传过来的田野住址我正用每一次黎明来锁错轮回的城啊

田野习作

给诗歌做手术的那个人从我体内取出那田野和你的名字
取出那块悲恸的田野
和我从没有喊出的你的名字——
被黎明烧焦的白桦林

就这样，用心电监视器在那黎明的雪暴中辨认
只有在你没有写完的诗歌中出现的树林
和骑单车的蒙面人

爱情需要如此悲痛吗
一封家书在大提琴手的噩梦中减弱了马蹄声
田野是暴君们早已还给冯·卡拉扬的录音室啊
田野是我拧暗了音量的第三乐章
田野的监视器该用谁的名字来眺望大雪和铅鸽子
田野的监视器该辐射 59 个黎明
和从我没写出的一个词里取出的一个谷仓

是诗歌从我的体内取出我每天 37 度 2 的低烧的黎明啊
是女护士们在大提琴手的童年使用着 X 光机
这旧的意象又在我的诗歌中被写完了啊
但是词写出河流时的辐射还没有完
还在手术间，在女护士们的情书间
取出一个人还没有来得及经过的书店

那书店从来不卖我写光了铅的弧形的书
把被取出的黎明像盐和药一样发给这个国家

给每个我没写出的词做手术的那个人啊
在叹息着的朝霞中取出我喊光了田野的一个名字
一个女护士眺望树上的鸟的名字
一个大提琴手用 X 光机辐射着蒙面人的闹钟的名字
一个玩着闹钟的走错了田野的录音师的名字
一个喊过了我师父的在这里就是在这里的名字

不要再给河流用光了的我的名字
不要再给悲伤的山峦用错了的你的名字
爱情需要这样悲伤吗
田野就是我的握住了豹尾的姊妹们还给我的录音室啊
田野也不再是我多么希望飞到的白兰地
田野也不再是我还没有接吻啊为了爱情

为了爱你的那些用光了瞄准器的谷仓是从这个大地上取出了
多少 X 光机啊
是多少穿着防辐射服的女护士在突然喊出我的名字时
在国家多么浩淼的铁的束发带中挡住了河流

练习曲

我的爱人的大手像一把铁钉撒满了田野
我的黎明会怀孕吗

全身痛彻的河流正用晚霞回家
如果你怜悯被你抛出体外的树林

哪一支歌曲里的小鸟正用光了我们的吻来检查
暗中跃上轮渡的霜光

黑暗用25瓦数的合唱队在锚和卡夫卡之间为这个雾的船坞借白桦林

在乌鸦那绳索般宁静的你的伤词之间
在锚那冷如冰霜的负25瓦数的甘菊叶雪后的路障之间
抓住你

还有的是你即使挡在织布机和树木之间借来你的桨或黄金溅出的叹息
这些语读者从披肩般的过来的村庄的袭击中

念慢了祈祷文。七夜的白度母用最少的睡眠错过我
但是全部的海用归还给渡轮输掉了全部的我的词来离开你；就是

向白桦林借出全部黑暗里的25瓦数的光明；就是那全部的叶子被烧掉的根和灰烬之间
茨维塔耶娃的马蹄踏过，她们抽烟

花瓣冲向那摇篮还没有准备好的被特写过的词
也是在彼岸的雪和此岸的雨之间那同时打着同一把伞的我
用一棵树归还给全部海的李子树写诗

借1959年的白桦林给水手

给每一本书的航速暗淡成 25 瓦数的你的词，是
写信人

那永远不结冰的河流有低于 25 瓦黑暗的雪
那走不进村庄的田野有低于 25 瓦黑暗的雪
那呼吸如照相机霜冷的流亡者用每一夜的返回

减少来自每一个被问出的词之地点：如果刽子手还没有向白桦林借出绞刑架
如果死亡的锚还没有借给诗人刚写完的德语中的渡轮
如果搭船者还没有为噩梦借出一个写出卡夫卡的林区

如果每一只来不及把黎明喝醉的夜莺为了白桦林借出
我
如果我还来不及为了在锚和卡夫卡之间为了南方借出过你
如果每个河流以她全部 25 瓦的黑暗借出雪后的你
是我和你，以 25 瓦重量的光明袭击全部村庄写错进白桦林的灯

太阳——读帕斯捷尔纳克

一

太阳
我命令在早上着火了的军号吹进你霞光的身体

太阳
黑色的把金子般的向日葵铸造为黎明的铁
把世间镣铐的头颅用光拧成刺目的田野

太阳姐妹般贫瘠的铁的耳朵
用我心脏病的十万台音箱也听不到大腿上的海峡
浩瀚的烈酒的重负
太阳的铁如果宽恕那被霜降带到半空中的房舍
世间的大门再次挡住我
帮助我的是，你的名字

帮助我的不是，你的
名字，正带走田野上的铸钟者
着了火的鞋子在每一夜都代替死者走回墓地
我不是，那些被狠狠缝进花朵的煤或铁
造物主用夜莺的世纪来偷走
那用强光焊瞎了星星的鸟笼

太阳，祖国的心脏病
彻夜通电的冰把河岸汹涌的椅子从梦境中猛地抽出
我哭泣，春之暴君的副作用
小提琴的 X 光机

二

太阳，我们被爵士乐蒙住眼睛
在制服和旗袍之间的铁幕波涛翻滚
我到了晚年才明白
就像我来不及恋爱的青春一样
给了你肉身般的乡愁
星星浩淼的伤及我夺目的光啊
我在归来的时候才失去故乡

太阳，把我留在那些用锚挽住了圣像的人之间
士兵们用灵魂的火编结成的军营空无一人
我徒劳地再次举高了蜡烛安慰如海的
大提琴母亲
太阳那系紧了安全带的黑暗啊
即使流亡令前方的每一棵树木着火
波澜壮阔的斧痕在夜霞之上举起花朵
需要多少铁才能运送那些钉子们密集的雪之光

三

太阳
那些死者的盾牌丢失了黑暗

穿着暴风雨制服的护士们
正把我的黑名单带出舒伯特故乡
如果落日使用的一万个闹钟也不足以
飘入那拧紧着野葡萄藤耳朵的谷仓

光束被拧进着了火的铁锤
用在读懂拆每一座房子的信件中，我是
那个在你身体上睡觉的人
太阳灼目的手套
在湖泊的荒凉中领着误点的轮船读诗
系着安全带的雨天用着了火的地址停住地平线

在词的雨伞前

我把秋天编进你的发辫
吻你以荡漾雾之秋波的河流

我以锤子唤醒每一道石头的门
你战火重燃的回眸升高藏在睡袋中的天空

我减少你嘴唇的蓝色
我才有更少的诗令唯一的白杨树和你在一起

每一次露珠在减少词的河流
河岸准备更无声的港湾在词的雨伞前

九月，全部对你的眺望都有恐高症

我寻找轮回中最微弱的盾牌为了看见你
我寻找和夜树错过的鸟
你在没有写过的诗里丢下的狂怒
着火了的词原谅救火警员在九月里的迟到

所有对你的眺望都有恐高症
所以在故乡的地点总是

以语法的锁把雪写进燕子们的海关
田野把开车人的衣领涂蓝

藏在真理中的刹车如同每一声口哨用错了司机
我用错了你站在桥头还没有成为鸟的一刻

田野像每一个衣领上被没收的黎明
全部对你的眺望都有恐高症
在九月和梯子之间的
有田野全部错了的蓝颜料

抛弃是你的每一首诗歌都在用云雀取出夜莺
田野上听力就是她们还没有来得及给
全部的鸟找出称出有着过重蓝色的信件

如果你是送信人
所有对你的眺望都有恐高症
如果全部的恐高症都从那棵树上取出被蒙住红布的鸟巢
等田野有了起飞许可
等田野把你的客人用眺望错成一场暴风雨

歌剧院斧头
正把石头里的蓝颜料当酒取出
有多少驶过田野的校车能挡住那暴雨中的黎明
全部的对你的眺望都有恐高症

插曲——给 LISA DELLA CASA

你口唇中的绿叶抛出霜寒的铁笛在蜂嘴那弱于河流的铃铛和灯之间
晃动我的诗歌曾看见的锚

我被你凝视过
我曾被你像黎明抛弃黎明那样痛哭
我曾被你村庄的身体像雨那样欺骗
如果我爱你
如果我曾有你慈悲的伞
在那些没有下雨的诗句里
谁的手粗暴如吻走过歌剧的田野，每一个房间的睡袋弄错了眺望
每一个被我的诗歌弄错了的你
取消每一个弱于宽恕的词

炊烟从田野的取景框里取出黎明的药，要多少蓝天浩淼的止痛片
才能赶在每一夜的退出了虚空的船桨之前
喊出在我和河流之间的名字

是多少张蓝天的风床所取出的睡眠啊
在秋天哨所般的疼痛中喊你的名字
是多少有着浩淼的警报的写信人啊

需要多少蓝天退出我还没有找到的词的全部暴雨
我还不知道你的芳名，李子树被剥开的错过了入场券的秋天啊
有蓝天最悲伤的哭，河流抛弃着河流的歌

我来到你屈身吻我的
弄脏了全部的咬着止疼片开业的身体旅馆
是我的姊妹，火焰在篝火弄错了蓝天的浩淼的止疼片
的田野上
领取悲伤的女打字员执照
你吻错我于一棵树借来的那有雷霆的工资单

画　展

后面的麦穗
有前面的黎明
跟在云朵后面的心
有前面的歌声

歌声前面的天空
有童话后面折断的木马
正在唤醒爬树的黎明
是我在握紧黎明的心

被握紧的浩淼的天光
在照亮飘起来的路
我的叹息总有后面的麦穗
挽回你梦中黎明前面的镰刀

在全部夏天的铁里你还有一首歌——关于肖斯塔科维奇的“Babi Yar”No.13 交响曲

一

锤子，把黑暗锁进黑暗里
赶不到的黎明和从钢铁的纺锤中取出死亡地址的人们
终于饶过了那个小姑娘在一首诗歌外的迷路

这个夜晚再没有指路牌
也没有为了奇迹回家的人
锤子锁住了一秒钟内全部的黑暗和光
这一秒钟的暴雨锁住了我的故乡田野的一生

最脆弱的是钢铁还在被雷电袭击
最脆弱的是每一天的房子但是无关信仰
最脆弱的是你看到的每一天的死亡
被死亡最快掩埋的九月正蔑视着黎明
最脆弱的是我们还没有携带呼吸仪站在地平线上

二

死亡在每一个地点为你们准备了坟墓
但是我甚至来不及掩埋掉挽歌
即使有一秒钟的黎明拿走那暴风雨的雨衣
我看到你还在那里
我看到这被拧成了我烧焦的心的钢铁的向日葵
不要再向这一天要奇迹
死亡也能把每一列被悲恸袭击成雷霆的火车头开走

三

甚至死亡也偷不出那把叫火车头的伞
死亡袭击这个夏天但是偷不出死者的名单

我如果允许那棵树偷出我从来写不出的一句诗
我已经允许那最迟赶来的夜雾偷出这些眺望

悬吊在桥上的黎明残骸再次被我们的呼喊烧焦了
雷霆啊不要迟过八月

请为谢尔盖·拉赫玛尼诺夫偷出那被抛向空中的消防梯吧
亡灵们尚未找到能让挽歌回家最短的路

四

种满了消防梯的田野啊
我的一首诗歌就可以偷走你全部九月的消防队员

把他们像一个人那样留下来
把他们像没有人那样留下来

如果我还没有像幸存者那样恸哭
因为我还没有出生在这个夏天被废弃的谷仓里

就是你喊出我的名字的彻底离开了的乡愁啊
是死亡邮包突然抛开我们去旅行

在火车头上我把眺望保持在黑暗中
在火车头上我再次调低令诗歌黑暗的死光

五

我可以买下田野但是买不下那座田野上的房子
我可以买下乡愁但是买不下那曾经叫故乡的眺望

我可以买下整个天空但是买不下那叫真理的燕子
我可以买下整列火车但是买不下那已经叫停挽歌的停车地址

我用这已经写错成一首诗歌的眺望来买不下
我所在的祖国的这一天的暴风雪在娘子谷
在全部夏天的铁里你还有一首歌

六

被抛弃在我的浩淼呼吸上空的菩萨
是为了那些找不到夏天呼救哨的被抛弃的人群

被抛弃在我还来不及念诵一句绿度母心咒的菩萨
是为了等一等那被解体的黎明编组的旧树林

被抛弃在那些着火了的祈祷的烈焰上空的菩萨啊
被抛弃在我们还能抛弃的田野的大录音室里

等着我把被抛弃的冷夜再次抛弃啊
阿弥陀佛

七

洗掉死亡里的那块铁
洗掉死亡里那块已经不再用于眺望的蓝
洗掉死亡里那还没有你的名字的列车
甚至洗掉死亡那被耽搁在挽歌里的火车司机

但是你洗不掉死亡里的那句诗
但是你洗不掉忘记请求菩萨们带走的那句已经没有了死亡的诗
在这使用完黎明也洗不掉死亡的火车头上啊
阿弥陀佛

蓝之即兴曲——给 L

被密码保护的是你那昂贵的眼神
被密码保护的是你失去我的每一天

海水依旧用一万只海鸥在港湾里投下深蓝
被密码保护的是你偷出的秋天脑海里全部的蓝颜料
不被密码保护的是我的诗
不被密码保护的是每个旅馆里流亡的孩子

是你哭泣的弄丢了蓝色暗影的心
是那些交响乐中被蓝天所击中的人
不被密码保护的是我曾有过你
昂贵的眼神里全部的忧伤

是我被吹拂的全部海峡上的蓝
在那些不被密码保护的船只上说出你名字中密码的蓝
醒来，唯有被睡眠的灯照亮的睡者
忘记研究这首诗

诗艺——给王家新和他的帕斯捷尔纳克创作27周年

突然想起二十年前
我住过诗人王家新家的车库里

诗人为我抱来防雨睡袋
还拧开车库里那台红灯牌收音机的开关

让我听晚间新闻和豫剧
我想，车库里整捆的《外国文艺》杂志该足够我撑到黎明

然后诗人回到他的书房写作
深夜我透过窗子望着他在伏案疾首

或抬头凝思。墙上的帕斯捷尔纳克肖像
在我这个角度来看有点像聂鲁达

我感觉就这样伏在窗外看了半天
但是真的担心他回头望向我时

以为是约瑟夫携带曼德尔斯塔姆的诗篇来到他的乡下
我肯定还为他带来了钢琴家尤迪娜演奏的铁幕巴赫

那一夜。我在离诗人书房不远的车库里看着女模特们在裸泳
而一首伟大的诗篇在惊扰着斯大林般呼吸的打字机声

我在一位诗人的创作中也走进了他所为之激荡的深雪
我甚至越走越远走到 1991 年的圣彼得堡城

我在汽笛的轰鸣声中在环西伯利亚火车线上
继续跟着士兵们撤退。溃败

在第二天早上。我被诗人从梦中摇醒
“你知道吗？朋友。我昨夜梦到你走出我的屋子”

“我梦到你沿着村镇的荒凉在夜里走着
屋后是阿克梅秘密年代的墓地啊”

诗人仿佛感到他在惊醒着什么
继而压低了声音：“我梦到你走向那屋后河谷的墓地”

“我梦到你回首和我说。你也是第一次去
在墓地里我看到帕斯捷尔纳克的墓碑”

“阿赫玛托娃的墓地也在这里。还有茨维塔耶娃
甚至我看到尤迪娜把她的句子也刻在石头上。她是钢琴家”

“您真的这样梦到我？可是您的屋子后面没有河谷
也没有墓地。这只是一个梦？”

还是一首诗在那一边被真正写完后的预祝?
我心里这样想着，但是没敢开口说

在诗人为我端来的一杯海南产咖啡后
我至今清楚地记得：那是在 1997 年。在上苑村

在维特根斯坦故居

在维特根斯坦故居的六层砖楼上
我乘坐电梯上到第三十三层楼
看见舒伯特拿着黎明的小提琴出现

我是否是那个在每一夜的旅馆听出 BLOMSTEDT 阁楼的那个人
还有你终于用忧伤款待了我
渡轮从一切的桌子上来自你用于了灯光的酒

歌剧院的电梯正扫荡着守夜人已经透明了的强盗第七章
起重机比我们轻闭的呼吸有更痛苦的田野弱音器
一棵樱桃树可以为几千万个卡弗卡准备手风琴闹钟

闹钟在军团的比寂静多出了 58 秒的暴风雨中找到了骑兵师啊
如同我打开手电推开了那航船的左边伪装成
真理的准绳，这是舒伯特从帆板的深火中取出的语法维特根斯坦

回 家

我难于曾向昨天那样写诗
当你再一次伪装成缪斯走向我
容忍我吻着你向我显现的那在火中抱怨的楼梯

北乌克兰所有的拖拉机并没有下雪
绿度母也并没有脱离她的祈祷文唱诵语调
你也并没有走向所有在橙子树下撑开错误之伞的缪斯们
在你和我所共有的疑惧中我只能这样形容那些期待我们的人

但是廉价航班的空姐们还是早在 1978 年就这样问我
那时我说带有西班牙语口音的广东话
或者我是如此使用悲伤伪装着我
在几千米高空上握错了一行阿赫玛托娃诗歌的那个人
曾经也有缪斯像西班牙到葡萄牙廉价航班上的空姐一样
没收着我在醒来后从未尝试写下的诗行
“为什么我没有在 1937 年的那个秋天回家”

辑

赞　文

水晶充满东海上
炽燃烈焰持明尊

——题　记

1 分 17 秒的拉萨跳绳歌
1 分 07 秒的拉萨跳绳歌
1 分过了 7 秒钟的画眉鸟啊
1 分过了 07 秒的平措林
1 分过了 07 秒的红度母开始凝望我
1 分钟里有 7 秒钟的跳绳歌
在二十一救度母的口传心髓之南方
顶礼至尊噶玛・恰美仁波切
在红度母的 1 分 07 秒
在过了 1 分 07 秒的黑度母的水晶石上
顶礼给我救度母口传的噶玛・恰美仁波切

莲花生大师祈请文啊
莲花生大师祈请文啊
莲花生大师祈请文啊
顶礼至尊噶玛・恰美仁波切
疯行者持明上师

这张开口说话的照片您曾经问过我

从一座房子里取出身语意的房子
从海生金刚的莲花上取出水的火焰
从水晶的八圣吉祥颂中取出普贤行愿品
度母东海你取出龙的一年
净增变的般若波罗蜜
从我的心髓取伏藏者用红白水晶

口诵真言的歌女黛青塔娜
传我极乐祷祝的女尼琼英·卓玛
妙法众中尊的那个贫困的小女孩
我心的皈依处秘密展现度母水晶宫殿尊

歌中唱诵的成千金刚橛在你的发辫际
赞美我的上师持明噶玛·恰美尊
为利有情也请消除我的障碍如日融
红度母十万日照东海之水晶宫殿
绿度母十万海螺作庄严江上船歌
黑度母十万忿怒炽燃黑水晶
清静诸多恶业善吉祥

空行母的赞颂者啊持绿度母松石
空行母的赞颂者啊白缎般之海的铁在照着太阳
空行母的赞颂者啊也有我歌声的缆索在
耳传的水晶蔓链上取出这轮回的火

“乃至虚空世界尽”
满了日光的东海的每一秒钟的水晶啊
满了日光的东海的每一个身体里的水晶啊
你的歌声那红度母的跳绳歌
我的唱赞那绿度母的跳绳歌
献上二十一度母宫殿的跳绳歌啊在白度母的泪滴水晶中
持明金刚手菩萨的跳绳歌啊在黑度母的忿怒水晶中
黑夜跟着黎明向着太阳的跳绳歌啊
1 分 17 秒的愿我生于极乐国的跳绳歌

1959，TRANSTROMER 电台

这棵树被运到我家时伪装房子
梦里惊醒的黎明在伪装着田野
甚至你从未织过的布在伪装那裹紧了婚纱的钟声
我伪装着字幕组用汉语说出的 HELLO

但是少了一棵树在伪装那辞退了早晨的考勤机
但是客人们更无声的世界从我的悲哀中流出
但是你穿着胶底鞋偷走了一幢孤单的楼层
但是我爱着你刽子手们打造了更夸张的梯子

这是哲学在伪装着维特根斯坦为立陶宛挑选着小提琴的窗户
为此她弄丢了强盗们写给阿赫玛托娃的诗
我在宫殿的广场上走了两个来回
为了把你的名字从鸟传递错的
那迎面而来的醉汉心跳如锤的朗读中唤醒

关卡外我看见人们还没有习惯用海鸥来命名这打字机般的穹顶
灌满了日光的监狱把蓝天胡乱塞进被辞退者的手套里
第三棵树底下我找到了真理例外的叫喊
在散步的人群中发现把风暴伪装成
夏日的传单的疯保姆是多么难

我骑着自行车是否影响了那终点的犁恳求着的躯体

别进入那些伪装成白帐篷的太阳啊
我把过境者那军号里的词拆了又拆啊
我正从和我的军队相向而过的天空中取出一架轰炸机啊
这不是仙鹤们列队的分界线所能照顾的
他写错了一首诗歌啊

每 25 次身体海关里的手风琴啊
每 25 年身体海关里伪装成一首诗歌的那只狐狸啊
每次是我的重吻的那正重新挣脱着每棵树的铁圣像啊
每次都嘱咐着我伪装成果戈理回来的那疯了的马车啊
都是 1959 年我离开了我的身体问的那只黑燕子啊
“如果整个伪装成机枪连的那场雪，是否
以他写错的一首诗歌啊
来伪装那把我们哭成唯一一棵树的田野女护士啊”

无　题

楼梯变成消防梯
错的黎明守住了我还没有梦到的一座谷仓的心电图

每个月的夜莺总被错误的监狱藏起来
那监狱在我身体里是一个少年写不出的诗

每一把睡眠的火都锁住了被疯邮差减少成田野的那个词
那个词被说了一次次就是我还没走过的街道啊

就是每棵树都在拆我那把火焰团成一个码头的山峦啊
每一首诗歌都在偷出那登山者的帽子

在寺院的每一座 X 光机里偷出那错了黎明的心电图啊
在每一个词的火焰里也有消防梯啊正用错了我的道路

这是维特根斯坦笔记里的第七条秘密的注解
房子的披风们把铁的火关进这小提琴里啊

被黎明减少的 12 首诗歌是错的啊
来找到我的一句诗的灭火器是错的啊

流泪的石头用那些烧焦了的木头是错的啊
被运进了仓库的那些蓝天是错的啊

在这里我是错的啊
我的死亡是错的啊

1978年，小乡愁曲

每一个打字机行都被分配给那黑樱桃树去拦住田野
黑樱桃树陆续分配出来的黎明的IP地址啊
我没有拦住田野的每一首诗绕行着

安娜，我们回去吧
疼痛让我忘却了你跳伞人从每一棵黑樱桃树上取出灭火器
用作小提琴肩托的黑樱桃树干啊拦住了那唯一来的你
在死的旧事中暴风雨替代旧宅

还没有出门的人就像我一样来找你
我明年没有写诗但是那着火了的黑樱桃机械键盘
快递的是那些背着邮差包的田野啊
快递的是锁住了黑暗的鸟的叫声
快递的是低瓦数的仓库啊那匹马对于孤独已经足够

快递过来的是被暴风雨的大手狠狠洗成录音室的一包黑樱桃籽啊
每一棵树都递交出她们的小提琴肩托
山峦上被用旧了的黑樱桃树啊
布满了用取出灭火器的手来拦住田野的签字者
我们爱着你啊这是唯一被快递错的

阿赫玛托娃是唯一被快递错的

安魂曲即使孤独能期待对面高一点的楼房那眺望就是唯一
被快递错的
邮差包里 104 键的黑樱桃机械键盘马上用一首诗来
拦住那弄错了快递员的田野啊
是安娜，是悲伤已经如同白葡萄酒一般让我惊讶不已
问那些屋顶上弄错了邮差包的黎明挥手搭船

在欧阳江河家听舒伯特

从几千万个肖邦的轰炸机群中偷出一秒钟的舒伯特
在同一个飞行员的耳鸣中偷出几千万个偷出蓝天的黑云彩
甚至偷出山脊和寂静枪托中的你

从归来的海鸥中偷出把火绒照到暗的雨之传单
用同一个骑自行车人偷出每一个睡觉中暗到铁的唇之哨
从乌托邦中偷出零和窃贼身体般熄灭的名字

你就坐在从几千棵树中同时被抽出来的一把椅子上
我用我自己的玛林娜 + 茨维塔耶娃偷出你海的词更密集的对话
溪流偷出渗出词的每一个歌剧院烧焦了的石头

石头偷出了鸟用几千万个肖邦偷出的低音中还不存在的暗夜的谷仓
谷仓偷出了已经强吻过我的合闭双眼的小女孩
在港湾般闪光的你的嘴唇上读出了这一切桌子的我和你之间

一棵树从你落入烟雾的脑海中偷出用错了舒伯特的露珠椅子
歌剧院把少于一棵树的大提琴藏在几千万个歌剧院的蓝天轰炸机群中
歌剧院的女清洁工偷出了我写在一封信里的俯视者的钟楼的水

一张我没有买到的唱片偷出了几千个邮购者的桨之喧嚣的名字

第三秒就意外出现的你的呼吸偷出了我进入的强光
有多少屋舍就这样从你的唇叶中偷出

夜之太阳穴
穹顶的燕子的桌巾偷出了随着轰炸机群海流的肖邦
从肖邦中错偷出一列火车般的提琴的词啊

强盗们偷出了走进几千棵树但是同时被抽出的一秒钟的
锚所破开的帐篷在家的你的歌剧院将如何
用错了浩淼的我还有着你的夜的设防啊

鹤被铁的嘴唇忘记啊
鹤被铁的唇下雪
鹤被几千万个肖邦偷出了眺望错的轰炸机群啊，偷出了太少的伏特加海鸥

为世界医师交响乐团而作——给林旖

你和一百个医师一起吃盒饭
用消毒棉擦去琴弦上勃拉姆斯的叹息
我的战地救护车在没收出现在第三乐章的小提琴警报
系红丝带的女护士们偷走了为北京的雪急诊的 24 小时啊
我只有在每一秒钟里纠正你对我微笑的夜班时间
你把为肖邦的手术提前到我梦的起床号恐惧中
一百个医师在拆我排练错黎明的一句诗

录音——电台后面的松木房子

这田野只有种下考勤机啊
你身体的白杨树被拆成已经抛弃了谷仓的房子啊

收听者弄坏了山峦那绿线的收音机啊
天空还没有让编组场的马头抢走了
布谷鸟的考勤机啊

特朗斯特罗姆电台后面的松木房子
那些白杨树被砍伐前就列队来摸指纹了啊
来自那些小教堂里的白木长椅
要使用这弄坏了黎明的弱音器来叹息这田野啊
全部秋天的考勤机啊已经少于唯一一棵白桦树

那些把唯一的考勤机摸成了一块田野的白桦树啊
轮渡的烈焰锁死了来自夏夜全部的眺望

那些女护士正为我
偷出这唯一叫急诊室的白杨树的考勤机啊
偷成了考勤机上那唯一还叫田野的我的名字啊
田野的吹号人要弄灭那唯一被黎明编号了的
天鹅营篝火啊

这被浪费了整个田野的吹号人的唯一的考勤机啊

田野女护士用错着夜莺对我哭出来的
晚到的名字啊

在我用每棵白杨树限制的女高音们粗壮的大手啊握错了的
那唯一哭泣的考勤机之布谷鸟的名字啊
回家的田野女护士们在为每个词的裙布
借出了她们黎明的缝纫机啊
光焰炽烈的那几十万只铁锤的针脚正在为秋天录错了音啊

但是你穿着胶底鞋偷走了一幢更孤单的楼层
挽歌是不是以冯·卡拉扬的方式找回我们

速写肖像

我徒劳地在每一夜月亮的针线包里找被烧焦的雪线
我的徒劳比不过田野；和每一个菩萨永不结冰的河流

我徒劳地用一年一次的诗歌来找你
我的徒劳比不过被黎明弄错了的缪斯；花朵贫困的舞蹈解开了山峦

我徒劳地为旅行者找到自我错误的白马
我的徒劳比不过这轮回的被耽搁的火；每一首诗虚构了纵火者

我徒劳的心如果像月亮那样走进秋天
我的徒劳比不过我恋人的屋舍，每年一次空出他主人的悲伤

我徒劳的凯旋有了你的轻蔑；是的这是没有主人的中秋节
我的徒劳比不过最野蛮的邀请，每年一次是你走出我的心房

约　会

夜莺被分配到丢弃者们的词，因此我有秘密的凯旋
我的孤高由被分配到大批恋人们的旅馆掌握

因此我有错误的伞，比自豪浩大的羞耻，和伪装成告密者的你
所以我的姐妹们成为诗人，我猜出了真理的沦陷

以赤脚的圣徒出售的斧头和闪电
把每一个黎明赶出村庄

那么伪装成手握雷霆的疯读者喊出口令吧，是我
唯有一年一次用那叫中秋节的火药库

把黑暗深深烧进那命令恋人们恸哭的月亮
这一天的每一秒钟我无法约会到你

柿子树

护法神守住的珍宝
唯有故国那唯一的柿子树
这跟着命运变老的人
唯有你没有化为一只鸟归来认出我

莲师无误的心子啊
万里晴空云朵托起的黄金马蹄
托付给重重叠叠山的歌声已经挡住了回乡路

我必须在你泪流满面时还给你
那半路上遇到的度母送给你的
整个国家还没有下的雪
和那名开铲雪机的僧人手上突然出现的黄金

唯　有

托起桑耶寺旧雪的空行海啊
我没有认出的空行母无以尘数
我认出的空行母唯有你一个

在莲师的示伏魔处展现你的金刚妙舞吧
我透过 WeChat 传讯谛听到你静观中的呼吸
我在你几千里之外的乡愁云深处啊
祈祷你完美的智慧甘露海在我心中显现
祈祷你名为红救度母明月宫啊
让我也拥有和你同样的智慧勇气

让我在跪吻你的裸足时心中涌现十万道歌
让你成为每首道歌中当下的心性女主人公
让我即使呼唤你的名字时也有全部法供养桑耶寺的功德
让我对你的大圆满心念也清净掉你全部的业障
让我的心成为每个当下的桑耶寺法供养宫殿
让我时时祈祷你无倦的妙舞
在我心中如爱般涌现
以你红莲任运满愿的珍宝般的救度母之名

简句白菩提

红狮子护佑着的作明佛母宝瓶
白狮子缭绕着的妙蕊足莲下
不需口诵一句真言即见您明艳之本显现
在扎西持林的白菩提大海
在圣城图伯特的满愿任运地

即使你展现凡间庸常之笑颜
于我心亦是净观本尊之化现
为你写了一千首赞歌的唯有名为秘密智慧解脱者
为你奉献这心性休息之供养的唯有不具菩萨之名的无名者
持红莲柔剑满愿的二十一度母之红尊
你心间极秘密的佛陀赞叹者

为什么我总是对你饱含悲智解脱之信心
无数世的深缘让我对你定见此
跪吻你踏莲圣城之黄金双足
给我怀爱如海缭绕之加持
祈祷你也为这黄金般的国度妙舞之无歇

勿迟疑你丰饶财库之持有处
法界广遍的智慧正见所满愿
心底充盈作明佛母成就秘密之欣喜

将我这身语意的铲雪机开到心性休息的田野里去

空行母们在黎明的屋顶上铲雪
业力的铲雪机啊开进我的心房
不在乎你的微笑
不在乎当下的悲伤和永不结冰的河流

但是我知道
是你而不是别人啊
在我心房里开动着整个世纪的铲雪机
你让我沧桑化雪入海流
你美丽的红度母的眼睛
让我的一生化雪转为甘露

你以我尚不能理解的秘密妙舞
征服我，救度我，宽容我
你是我唯一的开铲雪机的缪斯女神
比所有意外的空行母都丰饶伟大
你不断转换着二十一尊救度母的容颜
但你也是我那如莲师一般赤子的心啊
这颗心为了歌颂你，护佑你，救度你

而像太阳般无畏地照耀你

是的你是和我无二无别的
伟大的宁玛巴金刚勇士

如果你不把手放在我的肩头
也请你要紧紧攥住我的未来
请将我这身语意的铲雪机开到心性休息的田野里去
请在这化雪的春天
以你一如既往的慈悲摄受我于你
作明佛母般的足下

祈　祷

尘数如雪之作明尊
唯有向你祈祷时才涌现

跪吻你双足之金玫瑰
并非对本尊信心有疑惑
而是如海心性难彻察
并非修持出障碍
而是特殊加持之难忍

祈祷与你内外密无分离
祈祷空行暖息不分离
祈祷你真正慧眼并慧箭
并非只以怀爱明射之

祈祷你之双足金玫瑰
忿怒本尊亦显现
祈祷你如真正休息者
和我慈母无分别

祈祷你看破障碍亦是极密之内唤请
手满莲花智慧方便双运之

辑 3

流亡编年史

——给玛丽娜·阿布拉莫维奇（组诗）

威猛忿怒尊
执莲花手过牛耳
婆娑骑牛客
歌宁玛巴之道歌

——题　记

八月小安魂曲

伟大的树
把悲哀散尽

在国土般的阴影中
我看到你带着全部的灵魂在休息

死亡有全部的轮回
我唯有肉身的沉船

我赢得了挽歌
你或者我，还没有从死亡中回来

如果这一次死亡有太多的亡灵交还给我们
无论什么我早已经失去了我的全部的诗歌

唯有安慰的剃刀如鸟
黎明的黑雨没有那么快把我抓住

国土悲惨的命运啊
我为什么拿那些孩子和你交换

死的铃声如果你还有别的肉体
这是国家一无所有的一个月

盾牌与雪：1939 年的科索沃

传记的机关枪，刺耳的髋骨里的石榴，X 光机领着死者们的雪冒充冬天，大海冒充你购买从身体上拆下来的照相机

死者是羞涩的，那个对着麦地造词的眺望者，火连着身体和词里边的船，但是船夫被听力饥饿的迷宫推进墓碑，灯被打字机的疼痛重新打了一次

发明不出我们身体内黑暗的词

所以，死亡的黑暗太刺目了，她因此叫太阳神，被海水蒙住了眼睛的太阳神，正把烧焦了的海岸线装进我们的身体内

所以这一天我们必须去死，死亡是那雪的名单，死亡是那大海用雪造句的名单

死亡放过我而袭击那些更年轻的躯体，肉体的但丁们啊，每一道地址上都有歌剧造成的瞎子

每一次肉体的打字机偷太阳的铁，用十二个词铸钟，诗人

每天的词

领取每天暴力的村庄，疲倦的女护士们啊在高空上被海鸥们的黑口罩所挡住

每天的被流亡的时刻

回答我

锁住了所有迷宫的，是他，是她们，

琴弦始于美人而老于歌者的心

在黑暗里彻底照亮体内的肉体的朝霞啊

我是另外的一切，我是

盾牌，这一年的词被那一年的肉体打字机所打出——因此，下雪了

每个词丢掉了的迷宫取出了灭火器——因此，火更大了，火连着火

因此，肉体啊正唤醒每一次被湮灭时
所被没有被命名的暴风雨
诗人，和我之间

没有被放进身体里的挽歌是最笨重的黑暗，选中的鸟的头骨用死亡打手电，选中了被星海的肉体所抛弃的寺院来渡河，选中了你作为我的通向墓地之桥——

在
那身体最终因死亡而被写完的肉体的盾牌上
早晨死去的人在晚上回来写作

黎明的粪便啊

每一张嘴熄灯，每一个母亲用喝醉了的田野把送葬队伍交给几千年前的同一个词：难道密集的呕吐还不够吗

难道复活的镣铐所取出的黎明还不够吗？
难道我从未认识的死神已经把死亡减少到就这一次
走出了国土的国家，玛丽娜·阿布拉莫维奇
把你那蝎子的雪也同放在我的脸上
玛丽娜·阿布拉莫维奇
请来救我吧——
救命啊。
我在死亡之后才向你呼救：请把蝎子的雪也同放在我的脸上

巴尔干的色情诗史
有着缪斯们的打字机

科索沃，黑暗的手风琴窗户打开大海——我们国土的版本 MARINA ABRAMOVIC

剃刀之唇啊，正因为死亡是容易的，但是那一年的死亡却不容易

灵魂有的在室内，有的在室外

恐惧用中国小剪刀

黎明是你的助手在科索沃拆开大海手电筒所封锁的黑暗里，两个寺院所朗诵出的黑暗里有同一棵被烧焦的苹果树，同样的性的帐篷，同样的被使用了 125 秒的绳索，意象啊如同秋光里的蝮蛇

被脱粒出黎明的黑暗如松木静静燃烧：30 棵树木在哭

30 个被砍伐的早晨在同一首诗里

30 座房子用了同一台照相机：焦点被黑暗洗白了

被死亡再次洗一次就是白昼

在荷兰阿姆斯特丹的美术馆里被身体的打字机所洗出来的眺望

要回到科索沃才能使用死亡开灯

幻象右转：身体的盐脆弱

却是死亡最虔诚的盾

因为肉体上的弹洞所透视出的大海，没有牺牲者被允许走出街道，噩梦为每一座房屋充电，那机关枪般宁静的黑暗，发明出怀表刺入海底的滴答声

玛丽娜·阿布拉莫维奇，黑暗的手风琴使用你的名字打开大海的窗户
一张白帐篷的唱片来借走我们肉体的歌喉
使用所有手风琴的大海从透明的莲花里听出耳鸣：痛哭吧对着老故事
因为 20 年前的塔也像田野那样无助
因为死者的名字也不能像羞耻那样外出

“我什么也不想要了。”
但那个木偶的洋葱头烛烬将如何指望我？
那拉手风琴的窗户将如何把大海抽出装扩音器的田野：你关上窗户因为流放者已经在用黎明敲门
我们把身体的雪递给黑暗
是为了在海关那最漫长的手风琴窗户前递上大海，用水手在心脏病里剧痛的锚
把大雪的苹果树用火洗去
回家，就是用死亡从心里喊出海鸥签名
死亡，就是用回家的写不完的诗歌写沉那条船

在巴尔干的眼眶里，那小酒馆的近视眼依旧客满
两台田野答录机
用倒磁带的鸟叫声还容忍着我从那些炮灰身上拆下童年
石头里的水是留给身体的
她的名字叫科索沃——每一夜的军工厂
是你们，
所以我未写出的诗歌够了——
够了她的黑暗在你的身体里

也许我是被死亡唯一能朗诵进你的身体的子弹
你还没有死，因为

你来到古根海姆美术馆从我的身体上取出谎言录像带：
肯定会
鸟窝和死去的鸟儿用同样的安静来编好你头发那大海的发辫
肯定是那充电的身体里墓园的铃铛啊
还跟着你的死亡走了这么远
找到我，
死者还在使用着每一天的鸟的照相机来找到你，是为了找到我——
慈悲会和在入口处举牌等待你的孩子一样残忍
慈悲在点名着死者跟着河水倒流
成为那汹涌的田野答录机的低音量

给玛丽娜·阿布拉莫维奇 1983 年的一张照片

慈悲是残忍的
慈悲残忍于 12 个月小鸟的死亡
慈悲残忍于你痛哭的心的狂喜

那黑暗的穿白袜子的田野啊
还要有多少亡灵的脚走动
还要多少为一首诗歌所欠下的死亡

我使用着多少暴风雨为了欠下黎明
我欠下了多少黎明为了使用着你的房子
我欠下了多少房子为了流亡的痛哭
我欠下了多少流亡的心
为了你慈悲的残忍
和莲花的无常

1982

1982 年，玛丽娜·阿布拉莫维奇住在喜马拉雅山的藏传佛教寺院里。1983 年她邀请西藏僧侣和澳洲原住民共同参加她的作品，这部作品也参加了第 7 届卡塞尔文献展

聋依旧雇佣着听力在听不见的时候所抵押的刺耳的河谷，够了被黑暗烧焦了的雪，够了那些在尸陀林比红嘴乌鸦更晚下雨的尼姑们，够了在 1983 年科索沃电台被错误地播出的妙法莲花经，死亡早在我们出生前就使用中文：聋在白天的火里抵消饥饿的耳朵，在烧焦的雪里有我

起床时苍白的莲花——

哦，那么少的人还拥有我

那么少的人还拥有我夜莺的耻辱；河流在意象掏出口琴的波涛中正偷出国土的玫瑰，这个人的房子在思想和绞索之间与我结伴

有墓地的地方叫作夜

有死者的地方你的诗歌才如同绞索般被抛出：同样的词

用在诗里叫黎明交给死者的时候才有比海鸟还要黑的光

同样的写过诗歌的田野交给你的时候才有葬礼

同样的核桃树把链式绞盘贴紧亡灵们的河流

同样的聋在死者那里已经听不见

如果还有同样的死者还走在伦敦的街头

问那走在不同的河流之间的位址：那不会是你——

那怎会就是你
这样又一次带着白桦林迟到：但在抵达时就拆开每一道词里的斧头
刽子手们古老的恐惧比诗人的盾牌更孤单
那也不会是那些被洗黑了的苹果
仅依靠我的祈祷文就被投进黎明最宁静的聋

哦是我的惠特曼国家如果她比诗歌还粗鲁
所以不要再有诗篇了——为了那些朗读者从每一次的死亡中挤出来的黑暗
为了聋这个国家比科索沃更有痛感
为了一个国家的聋我们才可以用田野听到更密集的黑夜
为了运送光明牌手电筒出厂的边境货车
为了那说不出俄语的科索沃女人
莲花烧焦了
莲花被烧焦了才更是莲花——妙法莲华经里的莲花在地藏王菩萨本愿经里
那些红口罩尼姑偷走了我的聋所抵抗的夜莺
那些听力里的聋
被那些尼姑们的痛哭偷去就不叫聋：在一秒钟的妙法莲华经里所读出来的黑暗
在另一个人的身体里被聋所借走的黎明
死亡跟着那泄露着天光的河流在走
死亡不用另一边树木的照相机对焦

玛丽娜·阿布拉莫维奇，那些莲花烧焦了
才可能是莲花

雪被烧焦了
偷走了挽歌的竖琴被烧焦了
如果肯定着你的鞋子被流亡所烧焦了
如果你的姓名被科索沃所烧焦了
在两道河流之间的白桦树被那夜莺的目光烧焦了
我不是你，我的听力被你的聋所烧焦了

一夜夜田野的打字机
偷走那些墓碑上的名字但偷不走死亡
一夜夜我写不出的诗歌
早已在你的嘴含着抗精神分裂症的药而洗出了可以交给死亡的黑暗

菩萨悲悯的河流的宝石啊
如果信仰如同现场录音那样交给我的聋：如果一秒钟的妙法莲华经里的黑暗
和你的被烧焦了的莲花
用一道叫玛丽娜·阿布拉默维奇的手电筒偷走充满了
科索沃博物馆里的大雪
我和你在一起：菩萨们为了渡河将那乌鸦的背景一换再换
在一秒钟的妙法莲华经里
为了说中文我把你的名字一换再换

阿布拉莫维奇的博物馆莲花
如果那些暴风雨充满了我的中文的莲花
阿弥陀佛

传记的后面：肖像还来不及被一次大雪躲开

肉体的雪被流亡洗着：一首诗如何带去十二月——那是粗野的问候
机关枪把河流的宁静写到终点：秘密戴松耳石的女人们，我认识一个就能被超度

举着烛光的罪犯和从鹦鹉的脑海里取出最终被消灭了的金子的菩萨啊
为了我的骄傲而回来渡同一条河

子宫里解开了昆曲的波涛的船夫，在每一首诗的支流里也找不到婴儿
躲不开心脏病的子弹，在身体的监狱里取出莲花

告密者的村庄是看不见的，那些鞋踩着烈焰令黎明停止了工作
我徒劳地乞求菩萨不要把孤独留给我的晚年

但是拉着手风琴的死神已经在眺望那些田野的痛哭
为什么我们没有及时把青春像暴风雨那样浪费

等着念经人的河流啊，请宽恕我已经不能用一卷妙法莲华经把你们带走

在噩梦中剧烈摇晃的房屋啊，如果没有诗歌那失败也不会有每一尊佛像所灭度的祈祷

科索沃的女儿啊，那海关里被退回的护照的大雪要到了画廊才下

那用小提琴歪曲成的灯

跟着流亡者脚步的大海会彻照那悲观者的田野之船

我听不见，因为你窃听到了地平线那炮灰般的心跳

我听不见，因为菩萨重新把我还给了那身体浩淼的监狱

千万里江山啊，请帮助诗人把孤独编进紧贴着死亡的肉体

镶着黄金的流年啊，请默许那十万道河流上被船运走的尼姑的痛哭：那还没有肉身的火焰，正把我的哀歌飘过成虚空之云

用那些山脉在肉身上烙下的荷花

也用你的名字喊出那藏身石头涡流里的庙宇

肖像还来不及被一场大雪躲开

肖像还躲不开那没吃早饭的刽子手，或者往你手里秘密塞金子的乞丐，在 2003 年贝尔格莱格的博物馆里，疲倦的狂怒依旧在摇晃着每一个过来抓住你的人

每一个狂怒者心中的菩萨

将更不可思议的宁静还给你

每一个用机关枪痛哭够了的战场

在每一个炮灰心里被宽恕的河流

在每一个偷走了我的自我的那些尼姑的念经声中
每一只小鸟都足够带走黑暗
每一只被超度的小鸟
和我一起读这页叫科索沃的妙法莲华经

交响套曲（组诗）

“雪长着绿眼睛。”

——罗贝托·波拉尼奥

在北乌克兰的火车上，我，玛丽卡娅，
尤迪娜和叶普图申科。想起昨天的梦
在意大利的图齐教授的助手的32张照片
“为什么复活就在此刻。疯安德烈。”

大家惊惧地望着我。当开始说西班牙语的圣母们冲我这样绝望地发问
玛丽卡娅，尤迪娜，茉棉和童蔚，以及北乌克兰的所有廉价航班空姐
都这样把自己的恐惧和我的，聚拢在一起

——纪念1959年在北乌克兰的一场钢琴音乐会

为什么不是在1937年的巴甫洛夫斯基镇
而是在2017年的北乌克兰

——给 Tabrisik Yangchen

秋天开着铲雪机念诗

枪管滚烫的黎明如绿度母心咒念诵握掌着粗鲁的柏树苗
救度的是他们
救度的是他们
布裙子结实的河流像绿度母的慈悲那样烫

开铲雪机的僧人在 Gmail 的密码错误的夜路驱车
我的火柴棍跑鞋，一棵树取错了的第十三个灭火器，渗透光亮的颅骨
穿僧裙的女尼把田野的降落伞选出竹巴噶举祈祷文
是探照灯在两道微弱河流的手电避开晨光的锁

穿防弹背心的黎明
铅弹的白蜡烛
铅弹的黑蜡烛
秋天开着铲雪机念诗

死亡开着我的姊妹的名字念诗
所以我像没有结婚的你那样念诗

用你加持我黑发辫之扩音器
黑宝冠之绿度母像自显现

穿防弹背心的玛丽娜·阿布拉莫维奇
像 59 个秋天的轰炸机山峦那样加持我
她是小女孩
海神推开所有厨房的织布机喊出我的名字如我们仓促的变金子的红绳结
我在赶上我手里的念珠
我在赶上这个穿防弹背心的早上
我在赶上我所拥有的阿赫玛托娃这个名字
我在赶上我曾在的德格寺院
探照灯的马头啊
我怀里河流的闹钟停在五分二十七秒

“除了发辫变白”
在这五分二十七秒
黑宝冠之绿度母
净观之密主千手千眼大悲观世音
早晨的灯呼吸出她的咒语
直升飞机肮脏的引擎呼吸出她的咒语
你每一刻的加持呼吸出她的咒语
让我赶上我所拥有的你以俄语说出过的这个名字

穿防弹背心的玛丽娜·阿布拉莫维奇
持黑宝冠之净观绿度母
在一个红绳结大小之甘露处跳舞之数千万空行母尊
村庄开着我姊妹们的名字念诗
死亡呼吸着每一个投信的信箱

安魂曲

因为阿赫玛托娃 1937 年写出的一句诗
这个世界还没有毁灭

因为黑宝冠绿度母 37 年前流出的一滴眼泪
这个世界还没有毁灭

因为疯智持明上师静观到那个说俄语的男童
所以这个世界还没有被毁灭

因为你的手上有堪布冈夏心要教言和那张旧法照
这个世界的全部逆境和顺境还没有毁灭

因为你曾在 1917 年的沃罗涅日
我的诗行所描述的 36 个空行母的舞蹈妙目还没有被毁灭

因为你持有我全部的道歌
那贫困女童尚没有递交给我的平措林琴还没有被毁灭

因为秘密主佛父母的第十万次莲花生大师伏藏灌顶
这个世界还没有被毁灭

因为你持续持黑宝冠并在那里
因为静观中显现之红宝冠并如你像前一世并不熟识我一样

“此中无有可移除
根本亦无可增添”

因为如你乌克兰兵工厂般的名字
我还能写诗

阿弥陀佛

他们——夜读曼德尔施塔姆 1937 年沃罗涅日笔记

他们来了
我还没有来

他们来了
我还没有来得及恸哭

他们来了
我还没有代替他们哭

他们肉身的钢铁
我的念珠

他们的念珠
我肉身的钢铁

他们的蜡烛
我的黑暗

我的光明的灯
他们的黑暗

我像地狱的词那样锁住了他们的肉身的灭火器

在这一天即使十万菩萨也找不到前一世如意宝法主写过的祈祷文

在轮回的第一章
他们来了

他们来了
村庄的拖拉机恸哭

地底间的土豆恸哭
每一次这样的死亡都要用天空背对护法神的织布机

每一次死亡新的白帐篷啊
每一次死亡新的黑帐篷啊

每一次死亡我手里新的蜡烛啊
每一次死亡我手里新的念珠

他们来了
阿弥陀佛

第三本书

戴绿毛线手套的尼僧
编结金刚绳系的阿旺桑珍

田野的填表人
屋舍有着越野车剧烈颠簸的歌喉

秋天的小荟供曲啊
我们的心是如此荒凉

河流认出了整块整块冰上面的白帐篷
河流像认出灯塔的船那样将我熄灭

河流的保险丝啊
无论低瓦数的黑暗或光明都在黎明的出口

秘密空行的印记
现在全部人看到但只有你会认出

那是戴绿毛线手套的尼僧编结护身结
在你额头滚烫的泪水甘露

在山峦上张开眼睛的每一句祈祷文到今天还没有念完
我的师父神秘的微笑突然出现在 1917 年的全家福照片上

戴绿毛线手套的尼僧
读绿度母的俄文仪轨

孤独之歌

为什么穿藏裙的尼泊尔空姐赶不及我手里有绿松石的孤独
为什么降落伞总是对着天空猛烈投出另一块田野

为什么你为立陶宛担心
像特朗斯特罗姆诗歌里写到的完全一样

为什么白玫瑰不理睬被红玫瑰伪装的太阳
为什么鸟也知道在白桦树信仰的高度总有被磨损的高尔基牌斧头

为什么阿赫玛托娃也写出过这一切
还有茨维塔耶娃，但后者必须用自杀来弄沉我们未上路的虚荣

黑海鸥让你在站着拍照时回应驳船的哭泣了吗
我的父亲在退休前才感到你是爱我的

“忆起重重叠叠山”
为什么噶莎雀吉的歌声到今天阻止你继续伪装忘记归乡路

但如果是那从白太阳的睡袋里偷出孤独的肥皂的人来说
为什么把天空洗得更蓝的洗衣机还没有用我的名字

如同吉莲·安德森看到的一列火车

装了手风琴的死亡啊在不断地为那唯一的白桦树枪托换安魂曲
1932 年或 1985 年的火车邮戳封同时被两座寺院的仁波切取走

谁藏起了我的女主人公如同吉莲·安德森看到的一列火车
但是这些歌声藏不住尽管山谷是那戴红口罩的录音师

黎明密集的机枪拆掉了另一种意义上的谷仓，比如诗的，比如河流拆掉了手握划桨的人的心，比如必须迷信尼泊尔鸽子灰蓝的颅骨，在死亡踢开罐头盒之前

但是站在屋顶的护法神还不习惯他暴风雨的新衣服
但是我是在军用帐篷里出生，你来看我

能赶上我们的人也为我们搬开了每一首诗里的路障
我在她回头时发现我浑身打着冷战，整个边境上从空而降的夜莺已经被每个人看到

从大海里拿出电话机，小提琴手套终于掌控了贝多芬忧伤的心
而放过 1994 年的罗斯特罗波维奇，请不要说认出我

归来就像修道院旁被废弃的缆车道

请不要说认出我
即使那把狠狠把我砸向田野也拆开了的黎明枪托

天上的机枪连认出了天上的机枪连
刽子手们的死亡认出了刽子手们的死亡

随信未寄的蓝天认出了随信未寄的蓝天
冒充我的人认出了冒充我的人

但是请不要说认出我
光芒真的就像是被彻底解散了的光芒

索尔仁尼琴，或者没有那么有名的英娜·丽斯年斯卡娅
我没能爱上的那位姑娘，危险地锁住了我的心的我所不了解的真理

就如同突然从我嘴里冒出来的宽恕一样
归来就像格鲁吉亚修道院旁被废弃的缆车道，我从未去过

久已忘记的一个口传

成就者吉美林巴从未见过黑海鸥
伏藏师该如何帮助河流
戴上田野的助听器

甚至我梦到的在诗里被称作铲雪机的东西
使用卡式录音机的女尼从未要求我
像认出姊妹们那样走出酸奶店

身边的树摇晃得多像久已忘记的一个口传
黎明摇晃得多么像她忘记取出的一个口传
但为什么绿度母尊还出现在日光大道的十字路口

但是为什么过马路的众生依旧代替我携带业力的邮包
以及每个人都像在 Twitter 或 Instagram 上处于觉醒状态的快递员
小男孩面对光线会错签下秋阳·创巴仁波切的名字

即使走遍整个大地故国依旧只使用电影里的雪靠岸
即使青年会的姑娘们再次为你出现一次
指示你在绿度母和红度母之间拿到那介乎于慈悲与怜悯之间的名字

介乎于我的前世和你的转生之间的名字

介乎于听命于你的母亲们和为我而彻夜赶路的护法神之间的名字

介乎于我徒劳地认出你并使用在吉美林巴出生前就出现过的寺院

介乎于我从未用库存根德牌收音机收听过绿度母灌顶
在七月的白帐篷你的怜悯就是这样突然来到的
在绿度母等路口的红灯亮时你成为第二十一个

荟供曲

玛吉拉准从来没有读过冈波巴写给菩萨的道歌
六世尊者喇嘛也不会突然从唐卡上醒来
深夜到宗萨仁波切脸书上点赞
嘎玛·恰美还没有拍他的第一部电影
但只有在我写出献给你的诗歌后才认知到这一切

每次我写错一句诗都会有一个莲师认出我
每次我写对你的名字都会有移喜措嘉的化身嘲笑我
心中自涌现的虔诚心啊
如果在我还没有认识你前我如何成为一名诗人
心中自显现的莲师伏藏啊
对于我来说句句都有你的名字
心中本显现的你啊
我的本尊，我的罗刹，我的更真实的当下啊
你是还没有读我的诗就仓促舞蹈的玛吉拉准
你是早就准备了如海法螺的六世尊者
你是必须等到深夜才代替你为我点赞的宗萨钦哲
你是站在摄影机后面的另一个女主人公

这些因为你的祈祷才被还给我的十万道歌
这些被我重新写出来赞叹你的诗歌啊
如内在秘密莲花甘露般珍贵
即使不能彻底摧毁我的执念

也会重建你心性休息的信心
在每个当下重建雪狮之海托起的桑耶寺

KARMA PHUNTSOK 或在杂货铺打电话的转世珠古
——写给西本智实的交响套曲

"从未听过如此哀婉忧伤的歌曲。"

——TSAMCHOE DOLMA

口含苦柠檬片的阿赫玛托娃额头向后仰
未穿灰粗海军呢大衣的西本智实是否依旧需要和魔鬼对峙
在录音室的贝加尔湖浩淼的冰面上
从未出现过的杜鹃鸟如果迫使我
和一尊小绿度母擦擦圣像一起度宿人间

而画家 PHUNTSOK 从来不曾拥有过
被仓促藏在桦树皮雪橇上剧烈颠簸的黎明
被机关枪火舌烧灼的擦擦像该如何带同我渡河
杜鹃和圣母已经回过头去
多年后在纽约大道等红绿灯的救度母们将提前不知所措

水兵们将不知阿赫玛托娃为他写诗
那一尊被抛入轮回的小绿度母圣像却依旧在妻子们

骑兵师是否触摸你的哭泣
当 2004 年在日本东京的一场西本智实的音乐会上
那个看见救度母显现的人是否真的是他

那个排在队伍最后买唱片的人是否会固执地要求西本智实用俄文签上她的名字
那个秘密将像小绿度母圣像抛入音乐中的昨日的妻子或母亲
让在十字路口等绿灯的救度母们持续地犹豫着
后面会有一个人赶来喊她们的名字
是否还会匆匆塞给她们一张被签过名的唱片
是否赶在绿灯亮前
他会赶上让一场大雪红灯走人

但是这一幕我都无法上传到我的 Instagram 上
我也不知道 KARMA PHUNTSOK 或西本智实是否使用 Instagram 回看她们的迟疑
我徒劳地在宗萨仁波切脸书庞大的粉丝群里找回那一尊 1920 年的救度母擦擦
我徒劳地在 KARMA PHUNTSOK 尚没有得到灵感前就和陡然出现的救度母们
错肩而过
在 2004 年我没有认出她们
在 1920 年的溃败中如果我没有死去我必定曾和她们度宿人间
在地狱的入口贝加尔湖的冰面上有 25 万溃败的军队
流亡，在用死亡呼吸前请不要吻别这绿度母圣像
流亡，在死亡使用你的呼吸前请不要取下树冠上肉身的灭火器

像是比太阳般强烈的山河永无尽的白帐篷啊
怎能住得了这么多的亡灵
我的心底更荒凉的一小块田野啊
拆帐篷的人像结过冰的伏尔加湖上浩淼的念经人一样汹涌无量
能将重重山万万念的国土啊收拢在一尊小绿度母擦擦圣像里的渡海人啊
使用着我的名字归来吧在 KARMA PHUNTSOK 还没有得到灵感前
21 尊救度母已经在那条街道走了 50 年为了等到送信人
在大海上搭起的白帐篷的邮局啊
只有一个人在里面为绿度母的双眸描金
忘记画唐卡仪轨的 KARMA PHUNTSOK 突然想起他忘记在托木斯克城的水粉彩画箱

而沧桑怎记回家路啊
为什么女指挥家西本智实会在异国的二手店铺前驻足
为什么追赶而来索求签名的人都被红灯挡在路口的那一边
为什么只有你走进了那个有转世珠古打电话的杂货铺
问他何时再次为你念经
为什么 KARMA PHUNTSOK 不再执著他被烦恼和悲伤缠绕而忘记奋笔作画
为什么你会偷偷收下那名转世珠古塞给你的小小的绿度母擦擦像
是用来自故国的泥土做成但被桦树皮小心包裹
为什么我必须制止缪斯们的恸哭以彻底安慰我心中那些拆白帐篷的人
为什么在这个时代依旧有人诬蔑圣者

为什么在普列文和小提琴家穆特离婚后我依旧拒绝买他的唱片
却被小女孩西本智实感动得涕泪滂沱

为什么在宗萨仁波切还没有公开上映的电影海报前
我徒劳地用一家星巴克的 WIFI 密码来上 Twitter
而过路人为什么会突然塞给我一尊旧的绿度母擦擦圣像
顶礼圣救度母众尊
而 KARMA PHUNTSOK 还没有得到灵感画完那幅在红绿灯前等待过路口的度母画
沧桑怎记归家路啊
在 1920 年的贝加尔湖那些救度母们依旧被迫和我度宿人间
在我心底那一小块田野黎明悲伤的手依旧在
阻止那些拆白帐篷的人

秋阳·创巴仁波切手中的盐渍萝卜

“空行母足前心折服
秘密玉瓶献供否

问君真实悲伤处
全部溃败亦是甘露流

心性狂缠如箭醒
猛励障碍亦是加持流

财宝外显枯竭时
内之财库亦是丰蕴开启流

不必宽慰你亦在我心
名为丰饶天女充盈财库福德海

无你即无密严金刚座
定解宝灯开显之。”

请回到你的住处
河流像山坡上的太阳光线那样

如果我也曾理解秋阳·创巴仁波切咀嚼过的那片盐渍萝卜

所拥有的全部悲伤
和对你美丽眼睛的执念

如果回到母亲的手里
如果你悲伤的泪代由我的双眼涌出

如果我拥有你的名字
如果我像这块腌渍萝卜一样令山坡上的光海推迟你灵魂般的雪暴

如果我爱你
又怎能将秋阳·创巴仁波切手中的盐渍萝卜如觉知般的浩淼

以万里晴空无云之展开给你蓝天的蓝
香巴拉净土的蓝

如果我早已在一块盐渍萝卜里握有你蓝天般忧伤的眼睛的颜色
我又怎会有如此同样的忧伤

我又怎会念之你的名字在一羽羽的光海之上翱翔
我又怎会容忍自我般到来的愚蠢

如秋阳·创巴仁波切手中的盐渍萝卜
在马群的胃部里再次照亮黑暗

即使被你咀嚼为一块盐渍萝卜的万万分之一
心之香巴拉刹土亦呈现为万万分之无量

让最内在的悲伤和证悟涌进这秋天山坡上的盐渍萝卜
你裙子的蓝绿线头让我初识悲伤与证悟亦在我心时

那在旋转木马上为我回头的小女孩
那我前世已经见过无数次的母亲

如果是你，这样回到我身边
如果是你，是否记得真的吃下秋阳·创巴仁波切手里的盐渍萝卜

如果大圆满心性休息的骏马万里奔腾无障碍时
是否记得它胃里那来自前世秋阳·创巴手上的盐渍萝卜

如果我会这样握紧你的手
如果我即使以这样无名的，名为醒觉初念的盐渍萝卜加持你

如果我就是你的心性的眼睛，你的孩子，你的尚未吻过秋天之光的嘴唇
如果你使用这盐渍萝卜味道的唇膏

如果即是在一切当下的醒觉中
我认出了你，我安慰着你，因为你是我自己全部心性的悲伤

因为你早就以一块盐渍萝卜唤醒我
这个世界无你即无此诗篇

阿赫玛托娃

有七个缪斯。有十七个缪斯
我再次梦见她们聚在一起商量
是否像走进阿赫玛托娃的家门一样
悄悄祝福我晦涩的诗行

有七个缪斯。有十七个缪斯
她们也梦见我。在尘世间成为她们中的一个
我看到她们悄悄聚在一起商量
是否跟从我。收回这个世界上唯一的诗篇

有七个缪斯。不可能有十七个缪斯
昨夜我梦到你。在我的厨房间写作
但是你使用着的是西班牙语的键盘
缪斯们不可能像我们祈祷的那样曾聚在一起
像鸟会飞向更晦涩的诗行

不可能有七个缪斯。十七个缪斯也不可能
的确像阿赫玛托娃曾读过我的诗行一样
你的嘴唇是多么不可思议
在 1937 年她们曾走近过我
有七个缪斯。有十七个缪斯
她们曾像把我交待给阿赫玛托娃的诗行一样
她们曾像如何聚在一起商量
让我如何消失在那唯一没有写出的诗行一样

第4辑

关　系

今天早上
玫瑰必须通过 VPN 寻找爱情

昨夜我终于梦到菩萨（可能是绿度母）
私下对我说：
你可以把我的名字写入户口本
但是必须用繁体字

身体的燕子们
越过湖泊最虚无的名字
在我禅定时嘲笑我

把自己观想成米拉日巴
但是从密续清净的关系上来说
靛蓝的种子被光洗进
秋天久已忘记的祈祷

难道每个人不是米拉尊者
在呼吸出每个念头的十万道歌

梦——给诗人金重

凌晨，透过 WeChat 窗口
我回复到
“不休克是休克的一种方式”

然后，我睡去
梦到金重
不是在大洋彼岸的亚美利加海岸
而是在南京
——在南京

在南京的一座医院里
诗人穿着白大褂
还
戴着墨镜
身体矮胖，留着披肩发
一如他在二十七年前

他给我检查身体
命令我抬起胳膊
然后深呼吸

他命令我脱下军装
【为什么是军装

难道我刚从一场溃败中撤回？】

“再也回不去了”
在梦中他好像这样对我说
并神秘地眨着眼睛
然后
他居然偷偷地把听诊器塞给我

啊，朋友
我终于梦到了你
可是你为什么把听诊器塞给我
而不是一支钢笔，一本诗集
“再也回不去了”
我只记住这句话
从梦中醒来

发现我赤身裸体地躺在
一名我叫不出名字的姑娘身边
发生了什么
我发觉那姑娘依旧在梦中
她的眼角流着泪水
“再也回不去了”
她的双手紧紧攥住一个听诊器
再也回不去了
而此刻
我多么希望
她就这样紧紧搂住我

诗歌若有意外——给诗人潇潇和金重

诗歌若有意外　比如潇潇突然在台上停止朗诵
看向我暗示我去驱散那突入酒吧的幻象当中的灰海鸥

比如我在多年不写诗之后
再次从这样的噩梦中惊醒
梦中的金重怒如煞神
十多年过去了
他一再责问

你为潇潇都做了什么
除了写过一二篇无关她紧要的文章
甚至
你都没有和她喝过一次星巴克
即使为了爱和虚妄

为什么你不用勃洛克对茨维塔耶娃的语调
和她谈谈我谈谈流亡者的休克

在梦中
我的从未见过面的老朋友
羞于告诉我他在为她写诗
而每次我呼喊着潇潇或谁的名字惊醒

总是感觉到门外命运女神的敲门声
我们的姐妹
正抱着一台日本产录像机
打算把我推入一行黎明前的诗歌外

死于黎明或就这样勇于承认
我们从未将一位缪斯看作是那个当年和我们一起走向命运的女孩子
也从来未认真聆听过她的朗诵
即使我们会突然
为此泪流满面

在我们自己姐妹的美丽诗行里
我们少不更事
我们是那个从来无法给她安慰的人
但这是我们同时代的流亡啊

这是我们从来没有假装彼此
来到另一个人心底
二十五年了
我突然想起在一个开幕会上

潇潇悄悄地靠近我
往我手里塞入一本她新出的诗集
我甚至来不及看清诗集的名字
她就突然消失在人群中

如果有这样的茨维塔耶娃
在我的命运中出现
诗歌若有意外　我的梦中会再次被黎明的光惊醒
握紧爱人的手上也会出现
另一个流亡者写作中涌现的蓝墨水
如同
流亡的蓝血——
当诗歌若有意外

蓝　天

蓝天的流量已经被雾霾用完。
一只 BlackBerry 手机在新年只能使用
更荒谬的诗问候雾霾怪兽

在 Dzamling Gar 重读拉赫玛尼诺夫 1937 年的作曲旁注
——给 Maruxa Gesto

那些年我固执地认为
蓝天是属于宁玛派的

如果真是这样
那么玛基拉准将如何使用决法鼓禅观
或宗萨仁波切将如何在烛光下继续写祈祷文

一名觉囊派喇嘛
将如何把我带往特岛小铺
田野将如何用一棵樱桃树
卸下光之厨房

我第一次登机时
度母将如何用西班牙语嘱咐我
空姐将和我使用着同一种第六感的恐高症

现在我是在哪里
蓝天使用 VPN 禅观的时刻
而田野想起了它光的前世

所有的光使用同一棵光之树的白帐篷
我使用着你的报身凝视
醒来

马德里组曲

马德里，圣母护卫的城市
早晨的光和万物有着深沉的理解

睡眠如酒的礼物
从布鲁塞尔到马德里时区让你有两个生日两个圣诞节

祈祷像在门内一样误认为电影海报的祈祷就是这样传递
空行母们的袜子就是这样被马德里的冬天传递

十万个度母驾驶着波音客机
比你的观想多出来的那名度母是白种人女孩

在飞机驾驶舱里有红色的金刚结
阳光传递光的云层
在马德里的冬天我收听 FM 夜间节目

在马德里南部的十字路路口
四名背着白色袋子的黑人兄弟
穿越过我们

我是第一个带着德生 FM 收音机在马德里冬天的人
女孩说西班牙语和英语

使用这 BlackBerry 手机
仿佛流亡有了免费的地图

早晨醒来的光束
我们出发于这圣母守护的旧城

在马德里圣母们都不使用 VPN
在马德里圣母们都无法熄灭光的绝对
在归来者圣城的马德里
房东们有着八十年代密码锁的钥匙
在门前铁蓝色的小盒子里

特岛小铺——在 Dzamling Gar

把种子藏在种子里
把光藏在光里
把马德里藏在马德里里
把舞蹈的人们藏在舞蹈里
把图伯特藏在图伯特里
把白种人藏在白种人里
把欧洲藏在欧洲
把声音藏在声音里

融　摄

她像苗苗融摄到苗苗里
她像一支歌融摄另一支歌
她像鸟融摄海的摄像头
她像西班牙融摄电影里的西班牙

她像机械收音机融摄 DSP 收音机
她像一家小旅馆融摄心间的小旅馆
她像起床号融摄太阳光线的床单

她像酸奶融摄糖
她像培根融摄里斯本培根
而这一切我原来不知道
她像一阵忿怒突然融摄了我

她像一把雨伞融摄说俄语的打伞人
她像一辆救护车融摄天上的十万名护士
她像一个梦融摄预备走入梦境的我

她像我
融摄第一次坐飞机的恐惧
她像那名兴奋的上海小姑娘
融摄脸上的夏天雀斑
她也像一次旅行

融摄携带觉知行囊的大叔和空行母

她像绿色的瑜伽垫
融摄蓝色的瑜伽垫和正红色的瑜伽垫
她像坐在上面的人
融摄于禅观中

她像此刻的金刚舞
融摄七日的大白色帐篷
她像剧烈舞蹈的阿德赫镇路边的小超市
融摄为新烤的面包，酒和捐助信封
和过路的光脚女孩

如果或此刻

如果禅观完全融摄了蓝天。云的椅子卸下那无名的
为救度母送上七朵嫩叶的俄国女子

她光着脚
在阿德赫镇她告诉我她叫阿丽莎

苹果有着海安静的此刻
一枚被吞吃下去的黑樱桃有着更安静的片刻
你片刻的唇
说白光中的阿

阿

在挪威航班我看到你
携带禅修垫走出出机口
这早上的出口
那些匆匆而过的人群如同更晦涩的行囊
代替你走
而你代替他们禅观

在 Madrid 的新年
有十二个新娘走在你的左边
一个舞者使用收音机在试图拖延蓝天之此刻

向日葵——给金重

向日葵溃败得就像我忍不住的热泪
向日葵溃败得就像我从来没有来到这个世界上

为什么妈妈
你面对秋日举起一本谁也注定不会去看的书

为什么啊妈妈
你长发就像溃败的向日葵让我已经想不起你是谁

我的从来没有见过面的朋友
我的有着在日落大道上黑暗店铺的朋友
我曾经读过你的诗

我曾经读过你的诗然后试着死亡
我曾经读着你的诗去继续幸存

我曾经收到过
你用整个村庄的荒芜所找到的一棵柿子树
放在我的国土的手掌上

那就是我们失去的全部啊
那就是你在深夜写诗时

突然想到的那些失掉了全部记忆的女学生们
还在那里手挽着手

还在那里因为呼喊过我们的名字而成为永久的缪斯
那一切发生在 1937 年

光之树

——献给 Dzamling Gar 的歌

光明之树如觉知
光阴之树常随之
光球之树为脉轮
光海之树炽燃之

以我身语意觉知
融摄三身殊胜之
盛宴之树广遍海
证悟之树增长之

圆满之树之顶严
噶饶多杰皈依树
繁盛花海随依止
莲花之树显现之

说广东话的西班牙圣母
——写给诗人金重和他的一位朋友

一名说广东话的狱警
在某一天突然梦到圣母
来敲他的噩梦之门：
“请交还给我
那些写给你的诗歌
来自远东的洛尔加
为你所写”

这是什么样的诗歌监狱
和救赎啊
老天
这位西班牙圣母
居然用广东话问他：
“他写给你的诗歌有上万行
而你为什么
弄丢了他流亡的那
四十多行？”

鹤密集监视
——写给小提琴家Johanna Martzy的诗歌

伞需要输去炽烈如你的哭泣的枝条，祈祷被使用于一意孤行的火焰所蒙住的
忧伤
田野的急诊室也用来凝望那些拿起小提琴的雨披

一朵玫瑰的造访令死亡的主人多么突兀
锁住了黎明的屋子的光忍住的是，嘴唇发烫的守夜人在踉跄的敌意中
用孤独换回的一个词显赫的被放弃的叛变

二十年之后我在君士坦丁堡看着紫罗兰对着蜡烛讲道理
如果敌人分不清伞和火把所共用的那只从未被征服的杜鹃

是徒劳的风在苦撑着你的名字吗？
是一列火车同时在三首诗里拦住完全错误的祈祷吗？
是同一名火车司机容忍我们的新娘城吗？

鹤密集监视着
仿佛太阳多么嘹亮的军号在密集监视着

仿佛赤身裸体的田野在用妄想中的铲雪机监视着我的聋

该如何感谢他们用一本书来问我关于生命中模糊的光和信笺
孤独也是神秘的
锤子般的摇篮是多么结实而黑暗啊
为什么我在 1959 年翻译 Paul Celan
为什么直到今天我的支付宝密码还有着光的浩大的叹息

为什么觉性杜鹃在意大利藏学家南开诺布的书中可以被形容另一个词
在诗歌中却不可以
火山营献给她十一月的新衣服但是都用意大利语来翻译莲花

Johanna Martzy 在她血统般的忧伤中从未制止一场雨的演奏
那些黎明黑暗的闸门即使在 1965 年被重新写过
多么强烈的眺望啊才可以让我这样被放弃
那只停在你头顶的伞上的杜鹃被用来迎接
——那在 1965 年重新开始写诗的另一个人

父　亲

为这个国家祈祷的雪
好像天穹取得了一小块田野的深蓝

雷霆叹息得如同踉跄的
有了边境线的夜莺

有了哨兵跟着旋转木马打开的雪的降落伞
白桦林我不敢走近未来的处决

呼吸满 37 年全部寺院的雪
使用呼吸机的 37 块田野在使用着唯一用黑暗充满了光的宝瓶气

是父亲首先看到了屋顶上葵花般的强光
是父亲命令我写出一本火车司机的书

是父亲最终接受了我的普贤行愿品里的布谷鸟
是父亲回答了空行母的名字

伞盖下突然闪耀的转世德童迅速拿出的铁碗
有多重的蓝仿佛樱桃被抛给骑脚踏车的人

在藏灵噶记事

田野的助听器有了光
搭白帐篷的是重重蓝天泼出的蓝

写出一首诗已经足够使我羞愧
因为忍住止疼药的黎明只为我留下一张救度母的黑白照片

醒　来

一

醒来
那个在我心尖脉轮处猛地将我呼吸的白光收集成明点的曼达拉娃空行母
到底是我观想出来的
还是本有的

两个月前在特岛小铺那个用西班牙语呼喊我名字的北乌克兰女孩
和我一起念诵曼达拉娃总集心咒的
是我观想出来的
还是这个世界本有的
我供养她一只香蕉，一把杏仁般的红花种子
我们一起看到的没有使用 VPN 的蓝天无云
是我们观想出来的
还是世界本有的

羞愧感为什么一直折磨着我
在特岛小铺你所错过的那些环岛巴士
是世界本有的
还是我们的报身凝视融摄出来的

每一天
透过 NETFLIX 站提前播送的生肉德剧让火车怎么办
那里面的图伯特口音
是世界本有的
还是田野的扬声器想像出来的

二

我总是认为
早在 1937 年我未出生前
或 1967 年我三岁被抱在波兰籍保姆怀中时
在意大利的藏学家南开诺布仁波切就给过我
无死长寿曼达拉娃的传承
在观想皈依境上的阿育康卓以等同于空行母的姿势
突然用右手为我做了直指
并非只是在两个月前
我在过境比利时布鲁塞尔机场时
被士兵命令脱掉靴子搜身
我在那一刻突然不可抑制地想起她来

就像我在特岛小铺刚见过你藏身在说乌克兰语的白种人姑娘身边
摇滚歌手郑钧在那个时刻喝了红酒
来吧这是你的吉他
我在他的心轮上也看到蓝色妙舞的曼达拉娃空行母
或许在猛烈地摇着铃鼓
这样的时刻到底是我观想出来的
还是她本有的

第六感

突然间，你幸存下来
突然间，你会发现我在你体内依旧使用着你的悲伤凝视着

在这一刻，“卡莉将去白宫。”
赛努拜尔的一张专辑在四年前的意大利发行
而我不能买到
图齐教授依旧向他的助手请教大圆满和关于年居的古老口传

在这一天，我依旧没有完成那首关于在特岛小铺的曼达拉瓦空行母的秘密诗歌
在这一天，我觉得我从一张 1954 年 8 月 22 日的卢瑟恩历史录音中
获得新的第六感
在两只同样蓝灰色夜莺所交织成的蓝天刺目的白光中
该怎样躲开第三只夜莺无畏的凝视

在这一刻。如果旧我依旧幸存着
宇宙所裸露的黑暗的腋下
那只我还没有的玛基拉准决法鼓
策动着黎明的凝视如我和你在一起

使用着同一张被溪流抄袭干净的雨的通知单
“请告诉我。藏灵噶在哪里？”

我依旧在梦中用意大利语问路——
但是我知道黑樱桃树和厨房里的露台都能形成出口
曼达拉瓦空行母阻止我说出的最后一行诗句

用意大利语就这样轻易地被念出
去年七月我这样梦到你时

一首歌会刺破旅程所使用的那张蓝天的床
但无法完成光之树的诗
如果我使用了秋之果实所承受的悲伤
为了你
一名和我携带同样屋舍之光梯的女子在交替说意大利语和西班牙语
“在她们之中，让火车怎么办？”

在她们之中。悲伤尚未完成她古老的口传：
强光使用完她更深刻的蓝
但是珍宝还没有

秋 天

秋天的烈日用她火焰的靴子
秋天的烈日用她远东的雪

在 1937 年而不是 1983 年袭击我
无关沉入贝加尔湖底的绿度母擦擦像或二十万修女手持的念珠

我刚结识的光脚乌克兰少女阿丽莎
或在你怀中看到灵光的北外女生小兰

她们使用着临时纠察队的呼吸
她们使用着 1937 年我手上的雏菊

我并未带走她们
即使那太阳般铸铁的马克沁机关枪群

和已经永远回不来的骑兵师马队
1937 年你为什么死去却在 1928 年复活

2017 年你为什么复活却在 1983 年死去
白色的永远的花，白种人姑娘眼中永恒的泪

死亡是十万亩向日葵地光焰如歌的禅观
禅观是祈祷变成死亡时你们的复活

我的姐妹像渡河时丢失绿度母像那样
我的姐妹像穿裙子时爱上你那样

我姐妹头发的贝加尔湖在 1937 年
我姐妹收听的电台播报在 1937 年

复活如果不在太阳的禅观中只有你能够凝视
一束白雏菊被蓝天的泥泞握成 1937

无蓝之蓝——题一幅金重的油画

“这是蓝色。”这是无蓝之蓝
这是蓝色但是你肯定吗?

你肯定那只飞过监狱的鸟该摆脱
几千万双瞳孔里一秒钟的蓝

你肯定越狱者在虚空和钥匙锈蚀的蓝色之间
有一台乌克兰拖拉机的蓝色开错

你肯定必须要发明一种蓝
挽回乡愁被进入的一个方向

方向因为五月而错过了
一个六月。二十二个六月

错过了他在这幅肖像前发明了蓝色之错的闸门
足够黑暗的光。这是蓝色所挽回的

哭着。光告诉孕妇们几个小时后的恸哭
红色拧开它全部的光——“这是蓝色。”

花

田野里有什么
德蒂拉和芬妮抢劫了一列火车

装满了向日葵的火车
你为什么用女权主义和九十年代来抢劫它

“食物吃完了。家里也没电了。”
德蒂拉和芬妮的爸爸是白种人铁路技师

给她们把风吧
德蒂拉和芬妮要抢劫一列装满向日葵的火车

给她们货柜铰链钳和夜间头灯吧
德蒂拉和芬妮要抢劫偷袭黑夜的

装满了向日葵的火车
“芬妮。我们要抢劫那列火车好吗？”

突然在八十年代的马德里或纽约
我看到诗人金重诗歌里突然开来的那列火车

为了满载的向日葵而突然加速着
为了疯安德烈忘记写上名字的两个黑人女孩

德蒂拉和芬妮为了满车的向日葵而抢劫了一列火车
德蒂拉和芬妮拦住了剧烈颠簸的田野

写给作曲家 Mieczyslav Weinberg 的光的意象

光使用田野的样子，我们叫它黎明

光还使用完了灯塔所照顾的黑暗，光用十一月的李子树来录你的声音
却从来不发给我悲伤的使用手册

我第一次听见苏契·盖佐和我谈火车：像维恩伯格在他的大提琴里丢掉的东西
这让我确定金子内部的黑暗是用光来照拂的

另外四个名字：信仰，愧疚，爱和可能性
这一切在阿赫玛托娃用一朵玫瑰就能完成

在我们自己的诗里却需要
左边的夜莺打开完全使用西班牙语的 VPN，同时还需要我们
到河上那座桥的中央等着和度母们相遇

今天是拿着玛基拉准铃鼓的绿度母和你错身而过
虽然，你坚持着说

绿度母不拿玛基拉准的铃鼓
但是，即使不成功的大提琴家手也会在此时说：

“你肯定还没修理好一座桥上被伪装成大提琴的大提琴。”
但是，在藏学家 CHOGYAL NAMKHAI NORBU 的书中

都清晰地解释过这一切
但是，疑问如果同时也像洞察力般加入到忧伤中

那就需要我们以报身凝视从光的忿怒中抽出一朵
伪装成康乃馨的多重的蓝

也就是，你使用过比如一把旧伞，熟睡中浪费的地平线
或者真的打算从燕子的匆忙中借出的错误的吻

也就是，你真的说过，蓝天哪怕用了过多的 VPN 来伪装光的
禅观，在真理的层次上想你一定会知道

在每一个大提琴手的头顶都有看不见的绿色的雾霭
光不止打造近乎透明的巨大宁静

在你的心里，她还会
用犯罪般的忧伤插入到正向你拿出信件的两个说广东话的西班牙圣母之间

然后，我就试图在一首诗里描绘乡愁，我可以问问那
光使用田野上那顶从大海里拎出打字机的白帐篷

“在你换上西班牙语的键盘输入法之后
有一个左边的夜莺失灵了。”

茉棉镇

缪斯们的感觉为何要追忆。

——题　记

一

整个夜晚。童蔚都在不安地问我
听说我的一本书在茉棉镇出售

和那些夜魔侠巫女手册放在一起
整个国家的吸血鬼和赏金猎人都奔向那里

"他们是去那里买你的书？"我疑惑重重地发问
当然不是！难道你还没有得到预兆？
在金重和典裘在那里汇合后

茉棉镇已经成为高德地图使用错乡愁的隐藏模式
我不敢相信，吸血鬼军团会为了消灭我的诗

赶往那里。为了平息我的恐惧
童蔚再三向我保证。她真的没去过茉棉镇。她的书在镇上被出售

这事她也是第一次听说

整个夜晚。童蔚的老款诺基亚手机就这样发着绿幽幽的光
为什么自 1992 年后。你就从来没有再见到金重和典裘——这些最危险的缪斯赏金猎人?

在电话那边。童蔚不安地问我
“你查到茉棉镇的邮编了吗?这么快。
听说他们是乘着大篷车到那里的。”

在这整个魔法的一夜。我想女诗人从来没有告诉过我
那本被放在茉棉镇的诗集的名字

她为什么小心翼翼地对我百般隐藏这件事
我是真的想知道。在茉棉镇

那些吸血鬼和赏金猎人们买下她的书之后
是藏入胯下的皮袋还是迅速地给烧掉

二

“从这里到茉棉镇有多远?”
金发碧眼的玛丽安娜在九叶树下藏好口琴。神秘地问我

“我要运送一座帐篷医院去那里。”
为什么要护送这些看不见的幽灵和敦刻尔克海军帐篷医院去那里

难道战争和溃败依旧在持续
难道姑娘们要继续用马克沁机枪编队的火舌掩护着我们?

在国道 103 或 981 号上。我匆忙地把军用罐头和巧克力塞给最后撤退的女兵们
“这样。为什么在茉棉镇要读童蔚的诗集。而不是你的?”

在军列上。雇佣兵疯安德烈在固执地问我;
“你在爱着吗?那么从这里到茉棉镇还有多远?”

在我的后面是北乌克兰雇佣军团。在我透过胸脯饱满的退休航班空姐们护送的帐篷医院后面
是被炸毁的桥梁和工兵卡车。在炮弹造成的废墟我看到了一棵新九叶树

“为什么没有金重和老典的诗集?从这里到茉棉镇到底有多远?”
秋天仿佛童蔚诗歌里描绘过的那场凶猛异常的暴雨

袭击我在 1937 年看到的大撤退幻景
从这里到茉棉镇到底有多远。我替姑娘们藏好口琴

“我住的一个小镇，以后真的会卖书的。”
在剧烈颠簸的帐篷医院里我藏好这张纸条。只是机关枪连的姑娘们在固执地相信着我

在童蔚诗集的第 97 页。我读到“但是闪烁的蓝点从军用地图

上消失了。最后撤退到河对岸的是北乌克兰的女雇佣军团”

在昨夜的噩梦中。那个胸脯饱满的金发女兵在新九叶树下藏好口琴。问我

“在你的国家。从这里到茉棉镇到底还有多远？”

镜子——给阿尔谢尼·塔可夫斯基

要弄清楚，在苏契·盖佐那个年代【他们肯定会赶来，哪怕只有极少几个人知道】

哪怕只有你我知道。在 Mieczyslaw Weinberg 那少为人知的中提琴作曲里

在北乌克兰红色的、廉价航班空姐们最新收到的 MIRROR 杂志封面上

直升飞机引擎轰鸣又宁静的觉醒杜鹃的【MUM】声耳鸣声中

尤迪娜，玛丽娜·茨维塔耶娃都没有能提供给我的

关于摩利支天准确的俄语译名之前

今年我全部的旅行计划都取消

哪怕只有你我知道。如果你还肯在他们从晨光中取回的楼梯上写诗

如果你还肯在我一再写出的那个神秘的名字：

Tabrisik Yangchen 的巴甫洛夫斯基镇将我和那些

1937 年的黑白照片联系起来

并看我突然在一群说西班牙语的廉价航班空姐前

失声痛哭。要弄清楚

这不是第一回

也不是哪怕只有你我知道，我们是忧伤的

而且脆弱。这不是第一回我从一盒录音带的【MUM】声中

突然认清是你。而没有其他人

款待着，我的忧伤
哪怕只有你我知道，当然在北乌克兰我们根本不会遇到那一群说西班牙语的
廉价航班空姐
要弄清楚。我们不会就这样遇上她们
尽管你现在已经知道。Wozer Chenma 和摩利支天都是在早上出现的
都是，甚至你说西班牙语或俄语都没有关系
在容纳你的悲伤前，她们手托的如意法瓶顶部甘露炽烈的光焰
让我看到，她们以这样的形象坐在空姐们的心尖
也就是说。你爱过她们
也就是说。甚至在说西班牙语的圣母用那样的语调说话之前
Wozer Chenma 救度母尊就已经负责起
关于旅行前。你我在秋天的伞盖下所想起的全部祈祷
要弄清楚。
已经不是第一回

我早就这样开始在厨房的天光下写作。关于
奥登诗章中突然涌现的镜子这样奇怪的意象
哪怕只有你我知道
哪怕出于迷信你从来不让我在旅行前

告诉那些老友们，我是
一直和你在一起的。而在匈牙利语里这一切完全是另外
一种说法。我想
完全是出于你我之间的固执：
在我的梦中——当那些说西班牙语的空姐摇醒我

已经不是第一次
在梦里我是这样倾诉着：在航班引擎交织出的【MUM】声中
他们让我将梦见的穿防弹衣的绿度母改为
穿防弹衣的玛丽娜·阿布拉莫维奇
但是我今天登录她的 Instagram 在她的关于 VR 的海报上
看到暗绿色的度母种子字
在我的旅行开始前
在火星下面的巴甫洛夫斯基镇。孔雀显现了
然后你当然可以回到 1937 年迎接我
要弄清楚的是
那些穿着防弹衣的空姐们剧烈地摇醒我之后
由于担心失去你
我开始在我写过的每一只孔雀和李子树之上使用着
Wozer Chemma 的名字，也就是摩利支天
也就是在我和那些北乌克兰空姐们头次相遇时
她们最固执的纯洁
也是这样说的

也就是说。顿悟该这样直指人心。要弄清楚
在苏契·盖佐那个时代
天空那唯一李子树的镜子啊
天空那唯一孔雀显现的镜子啊
在你我之间
让我们重新选好我们的过去。在退休的北乌克兰廉价航班空姐更不确定
的说法里
是我，作为一个外国人

坐在口译员的位置上。也就是说
在那场和作曲家 Mieczyslaw Weinberg ①有关的讲座会场上
她看到穿着防弹衣的绿度母们就坐在我身后
和激荡的天空的河流只有咫尺之遥

也就是说。那一天作曲家为什么在给我的信中要写【穿防弹衣的绿度母】这句话
（为了那场在萨格勒布举行的露天音乐会）
进而完全是。是一种固执的意外

也就是说
作为忧伤的和神经质的肖斯塔科维奇的助手和老友
从那至今
并非只有我一个人在比较着在西班牙语和俄语，以及来自汉语和德语中关于 Wozer Chemma 念诵仪轨的发音特点
在 1987 年或 1992 年的贝加尔湖火车旅行前
要搞清楚，你就在坐在那些黑白照片会场左边的舞台前方
诗人脱下防弹衣垫在你的大腿之间——
由于担心失去你

注①：Mieczyslaw Weinberg（梅谢斯拉夫·维恩伯格），俄罗斯作曲家，肖斯塔科维奇的密友

萨格勒布来鸿

在萨格勒布私人钢琴艺术档案馆，我读到这封女钢琴家写于1941年的“萨格勒布来鸿”，描述了战争期间，在她的首次萨格勒布露天音乐会上，她梦里得到启示，穿着防弹衣登台演出的往事。因为“我梦到绿度母穿着防弹衣出现在我的‘和平’音乐会上。”

在给Tabrisik Yangchen的信件中，我写道：“那些你救助的小猫头鹰也梦到了那位1941年去过萨格勒布的女钢琴家了吗？以及，是否真的存在阿赫玛托娃珍藏过的俄文版本绿度母念诵仪轨。在巴甫洛夫斯基镇，你是否真的记忆起，你到过那个城市。”

在北普贤营的进阶藏医课程上，鼓声的烛光仿佛最新的九叶树树叶。我想起彭措·汪姆博士所说的：蓝天，是一个金刚家庭。

一

“她们肯定会赶来。是跟你在一起吗？”或许比当事人梦到我
更蠢的事，就是苏契·盖佐并不知道在他自己的诗里描绘过的那盘录音带
是来自十一月的北普贤营；也不知道为什么我的脑海中一直重复着
在1992年玛丽娜·阿布拉莫维奇一直没有实施的那个念头：为什么在萨格勒布宁静的炮火声中，女钢琴家尤迪娜会梦到在她

的露天音乐会上

穿着防弹衣的绿度母会坐在第十二排

当然同时也坐在第二十七排

不仅如此，在尤迪娜从未公开的私人传记里，她记录到

在给 Tabrisik Yangchen 的信中，她这样说

那是在 1941 年。在萨格勒布的那场露天音乐会上，我或者玛丽娜·尤迪娜都是第一次

穿着防弹衣上台。我知道她们肯定会赶来

【她们，是和你在一起吗？或许比信仰更蠢的事是，我猜测

和你一样值得骄傲的是，你的防弹衣口袋里有一尊绿度母擦擦

——那是 1937 年我在北贝加尔湖冰封的湖面，所放弃的那一尊吗？】

而我一遍一遍地说，在萨格勒布，整个北普贤营是和你在一起

在萨格勒布我相信，被死神所说服的关于高空中失眠的蓝帐篷的梦，会毁掉“蓝色的琥珀，绿色的花岗石”如聂鲁达在他自己的诗歌里所写过的那样

但是不会夺去你的命

一封来自 1941 年的萨格勒布来鸿，我会相信我是和 1954 年 4 月 4 日

在基辅爱乐大厅的玛丽娜·尤迪娜一起演奏

在弹奏完普罗科菲耶夫之后，我只弹奏三分钟的《展览会之画》，但是拉赫玛尼诺夫的前奏曲在哪里

二

要有一颗绿松石之心。但是，除非是和你，在一起聆听中提琴家 Yuri Bashmet 在 1994 年 2 月 14 日的伦敦录制的沃尔顿中提琴协奏曲

除非是和你，我该身往何处，为那场没有尤迪娜参加的肖斯塔科维奇音乐会，解开古老的谜

即使缪斯不在场，即使没有一个听众从北普贤营赶来

要持有一颗绿松石之心。就是在那场你和我都不在的音乐会上

Yuri Bashmet 突然看到了肖斯塔科维奇的脸孔出现在剧场的半空中

持续有好几分钟。使用康乃馨会这样守护住音乐吗？还是会毁灭它？

【纪念肖斯塔科维奇。

但是世上突然多出整首诗的康乃馨该怎么办？】

在过去的几个月里，我开始明白我们所讨论的问题重点所在

以及，为什么聂鲁达的最后一部诗集里必须是收录 74 首诗

【1976 年的秋天，在北乌克兰还是萨格勒布市，谁拦截了整整一个火车车皮的肖斯塔科维奇的 LP 唱片出境。这是我的古老的羞愧在为音乐所放弃的虚无吗？】

要有一颗绿松石之心

但是，除非是你，迟在 2017 年的秋天才和 Tabrisik Yancheng 相识，并接到

她的巴甫洛夫斯基镇的来信。谈起那一年的萨格勒布露天音

乐会

在蓝得仿佛禅观状态的门前

我们仿佛回到了那里，回到你抱着小猫头鹰合影

甚至于在我的梦中，你告诉我，那张照片是一张唱片的封面摄影

是哪一张曾在萨格勒布发行的历史录音在拒绝死神所允诺的一切

爱有着蓝得仿佛禅观状态的宁静

我们都在那里吗？在一场露天音乐会的后台

我们在通信中反复强调说

为什么，女钢琴家要穿着防弹衣上台

以及为什么我们必须来到这里

前线巴赫。一台 130 分钟的钢琴音乐会穿着防弹衣才能织就宁静于轰鸣

才能在类似摩利支天的【MUM】声中接近于绿度母

也就是说，说得更直接些，那些北乌克兰廉价航班的空姐们递上来的毛毯和冰淇淋。让你直接梦到绿度母们。有很多，在你的梦中

她们穿着防弹衣坐在你即将举行演出的露天体育场里

这样的梦，是在提醒你

即使演奏肖斯塔科维奇前奏曲里雏菊啜泣的哀伤，也要使用完整首诗里

穿着防弹衣的拉赫玛尼诺夫，或普罗科菲耶夫所预先写好的

禅观状态的宁静

就像我们总是以那名金发碧眼的妹子所唱诵的救度母仪轨

拦住那些听出了她的西班牙语口音的浪花的宁静
就像是你。穿着防弹衣却能弹出最慢的诙谐曲
就像是你。在年复一年的旅行演出中
总是随身戴着绿度母的擦擦圣像
就像是你。在萨格勒布让持续的宁静与 24 首前奏曲一起藏匿度日。蓝天的门蓝得仿佛禅观状态一般
宁静以一道光亮击溃我们以真理。而我如你所说
以苏契·盖佐的方式来这样伪装诗句

“在我 38 岁前，我从未穿着防弹衣登台演奏
甚至也没有，在梦里我清晰地看到，绿度母们穿着防弹衣坐在后排来到我的音乐会。她们有一个人还抱着小提琴。另一个拿着象征纯洁的康乃馨花
一个声音在我体内说着西班牙语口音的
低语。如果你演奏时肩膀像玛吉拉准空行母摇鼓那样放松。就是说
不再有轰鸣与宁静那样的分别念
就像是绿度母亲自演奏一样
那么这会是安慰死者最好的方式。”

三

在萨格勒布我们谈论起早夭的女钢琴家 Maryla Jonas。炮火宁静
而玛丽娜·尤迪娜不会有机会买一张 2015 年才出版的 LP 唱片
或者像我一样，热爱 Stephen Hough 的 Sonatas & Poems。甚至在 Instagram 上，我可以直接和后者交谈，问他是

否知道一名金发女子在萨格勒布
　　穿着防弹衣演奏。依赖于灵感和迷信。我坚信
　　绿度母会听得懂我用西班牙语来描述我从未完成的萨格勒布钢琴曲里面的
　　布满了蝴蝶的大海。以及被形容为俯冲感的羞涩

　　我也坚信，绿度母是从北普贤营赶来的
　　在一场令炮火声宁静的露天音乐会上，她同样混在那些穿防弹衣的
　　说俄语的廉价航班空姐们的行列中
　　在眼泪巴赫和机关枪巴赫交织出的弱光中，总藏有宁静燕子的轰鸣
　　和用死亡找到的抵押给破晓的过于透明了
　　的火把——
　　是这样的，在萨格勒布我们都听说过指挥家马塔契奇，却不能拜访他

　　是这样的，茉棉和童蔚都坚持这样的说法
　　他的最后一张唱片封面是墨绿色的，仿佛处于禅观中的蓝天
　　让过于透明的康乃馨花系紧了激荡起蓝墨水的光焰
　　而录音时间仿佛只是为了死在雪的休克中
　　像二等兵疯安德烈
　　只有手风琴；如果作曲家安东·韦伯恩在那个黎明穿了防弹衣
　　或者他的烟瘾不是那么大

　　“一个实在的吻，来自于1941年的冬天。”他在写给我的信中，这样谈起

记忆里宵禁般颤栗的屋顶
在战时我们学会用军用帐篷运送着一首诗背后的诗——
这也是苏契·盖佐写过的诗句
早在 1937 年的卫国战争前线，那名明显是绿度母化身的女军官
是金发碧眼的
示意玛丽娜在上台演奏前，穿上那件仿佛突然间多出来的防弹衣
为了一首诗背后的诗
我们有了虚构般的真理。当你赶来的时候
山神发辫粗白如雪

四

“一如实在的吻。”但是女钢琴家蕾菲布并非喜欢和富特文格勒合作。那时候她 56 岁。所以我一直错过这张封面怪异的唱片。

“你喜欢哈恰图良吗？”在 1963 年，我依旧固执地给钢琴家阿什肯纳吉写信，透过 BBC 广播电台来转交。在中国的天津，当我看到那张他和普烈文合作的拉赫玛尼诺夫唱片时，我问身边的女小提琴手：“穆特这个时候在哪里？是否她错过了最优美的第二乐章？”

在玛丽娜·尤迪娜之前。是谁启蒙了我？以及是谁发出邀请，为了萨格勒布战时音乐节。“你或许是第一个穿着防弹衣登台演出的音乐家。”——但是，大神里赫特穿着雪白浆挺的衬衫。他的神迹从未莅临这里。

在北普贤营。九十年代初，我们历数我们讨厌的音乐家：阿劳是第一个假装没有伪装过恐惧的，而布伦德尔甚至都没有机会拒绝为我们签名。莱昂斯卡娅可能真的喜欢 BlackBerry 全键盘手机。起码在七十年代，她的舒伯特是最傲慢的。在六十年代我们还都不懂得去买科尔托的唱片。读过茨维耶娃的诗句吗?

“当你决定跟踪诗人的时候，请拿好那一把小提琴。”

不是在 2017 年而是在 1937 年。在 Yuri Bashmet 的中提琴协奏曲里，“茉棉镇”被命名了。而那个翘鼻子的白种人姑娘从来不懂得弹钢琴。

五

雪在蓝天上策马。如果我从一所难以辨认的房子上畏惧缪斯
如果唯一被找到的光的梯子代替了以往丰硕的眼睛
如果诗歌的意义早已被证实是。我们自己的梦是危险的
内田光子颤栗于宁静而黑布勒颤栗于 Henryk Szeryng 从柿子树内部所听到的奇怪的轰鸣

在萨格勒布我想到这一把小提琴属于晴空的小猫头鹰
在萨格勒布有一万个光的厨房在运送钢琴
在萨格勒布眼睛有苦涩的篮子
在萨格勒布黑布勒在逃离音乐会的时候真的就想起了自己曾是贝多芬

萨格勒布雪的防弹衣
是属于十一月、七月、四月以及所有你在这里的岁月里
萨格勒布琴铺的道歉被放在洋葱头里
萨格勒布借用十一个月的玛丽娜·尤迪娜的名字而独将第十三个月留给你
穿蓝天防弹衣的十一月
将禅观融摄于黑布勒或内田光子以报身凝视忘掉钢琴曲的时刻
以及一朵康乃馨花朵回到北普贤营的时刻
“她偶尔有奇怪的感觉，并且成为了本地的护法。”
但是在 1974 年指挥家马塔契奇东京的布鲁克纳音乐会上
她也曾经出现在现场吗？

六

穿防弹衣的萨格勒布蓝天是我的金刚家庭
Andras Schiff 不可能像 Khatia Buniatishvili 那样弹出萨格勒布肖邦夜曲
1956 年和 2017 年我都在这里。1992 年或 1941 年我也在于此。
在雪之国萨格勒布我以一尊绿度母圣像将之和北普贤营相连
在雪之国萨格勒布我以出轨的肖邦将康乃馨花朵融入宁静的北岸炮火
在雪之国萨格勒布因为你在这里所以我也在
哪怕以云朵的汽笛，以溃败的战士，以从来没有过钢琴的无名钢琴家
在萨格勒布穿防弹衣的蓝天是我的金刚家庭

这一切都是发生在 1941 年的事情

却在我 2017 年的梦中反复出现
那位曾伪装蔑视阿赫玛托娃诗篇的女钢琴家
在我的梦中曾梦见说俄语的绿度母穿着
蓝天般晴空无云的防弹衣
“如果你前往萨格勒布。像我们在书中曾预言过的那样。”
在褪色的，无疑是阿赫玛托娃使用过的俄语绿度母仪轨的下面
我抽出这封 1941 年的萨格勒布来鸿
【也许在 1987 年我是格鲁吉亚姑娘 Khatia Buniatishvili
但是在战时的 1941 年，我是第一个穿防弹衣登台的女钢琴家玛丽娜】
在纪念和战争之间
在绿度母和防弹衣之间
在为作曲家肖斯塔科维奇和维恩伯格所忌妒的肖邦演奏会上
那名金发碧眼的白种人女孩明显是来自 2035 年的北普贤营
【她让我猛然间出现了穿防弹衣的救度母们
就在我的音乐会上的幻觉】
却递给我一封来自 1941 年的萨格勒布来鸿

辑 5

爱伦·坡电台：乡愁配给的琴铺或者犯罪河岸

【伦敦琴铺以及犯罪河岸】1947年的亨利－乔治·克鲁佐的电影导演身份是可疑的，这个出入巴黎或者伦敦琴铺里的掩盖声音真相的乡愁收集者，是否和我一样倦于回答Gmail田野上的手电问答，你在河岸那边用刺目而又模糊的手电晃着这个电影里的爱情，仇杀以及舞女们已经丢失的爱情，当然还有昂贵的老式照相机。在克鲁佐的台词本子、夜莺和刽子手的25瓦灯光下，我埋头写作，不理会那每个人心里都有的“爱伦·坡电台”，我阅读写二手钢琴铺的小书，而你也看过了3次的《射杀钢琴师》在克鲁佐的噩梦前如个安静的孩子，不知道那电影的小鞋子已经沾满了泥泞，这是电影之外的线索，那么，我今天代替你再看一次克鲁佐的电影《犯罪河岸》，我也错过了归来的出租车，诗人们有新的工作，只有身份不明的人才在夜里写作，我在“谷仓”这个词前迷路了，没有被装进秋天的田野是多么不可思议。

【减字木兰花】我第一次接受采访，录音机的雨在每一个地点测度着我们握着太阳磁铁的手，和身体的田野那亮了红灯的地点：我们借用了雨神的雨伞，说话口齿不清，语义含混。在杂货咖啡屋，我是被猛力摇醒的克鲁佐，把我已经读过的书再翻译成一部电影外的晦涩的句子，关于一名流亡钢琴家的书信集，伦敦琴铺，配给了乡愁的手套和那正离开了黎明的偷书的手；

爱伦·坡电台：昨天接到外省诗人C的一个电话，“你在去年的诗歌里写我已经40岁了。”这个是赤裸裸的嘲笑，还是直接来自诗歌缪斯的安慰？我可以选择刽子手的祈祷，并给姑娘们更安静的夜间邀请，比如和我的名字一样晦涩的晕船药？

采访如同身体的战栗，关于我的那本新书，总有人错过它，关于流亡，是每个人身体的爱伦·坡电台。

将要买的两本书，阿拉贡的传记，博物馆里的打字机，因为12个月的家书而充满了乡愁；以及从未披露的关于苏联电影《安德烈·鲁布廖夫》的幕后访谈和电影海报，鸽子因为靠近了纪念碑而有强烈的铁的味道，铸钟者的户口簿被死亡所没收。

雪，尼采的晚期日记从来没有写到雪，但在你用我翻译成中文的句子里眺望的时候，披头散发的早晨从我手里接过的，是关于白昼的通知，是马蹄铁弯曲出的雪的残忍的安静，孩子们还在睡着，但地平线如绞刑台已经被打扫干净了。

诗歌：我曾经答应过，我会在40岁的时候回来，我已经40岁了，我是那个叫尼采的孩子，在我的雨衣下面，我藏起了小收音机，而不是用于恶作剧的“沾满了雪的石头”。

“谁持有贫困，谁就还拥有这祖国。”

便条。从身体的古琴里抽出的同一名邮递员，我在 Gmail 的田野上。

【拉赫玛尼诺夫的邻居】夜里回来打开手电再次检查 Gmail 的田野，除了霜雪，还有误点的真理之火。那个在我的书里被称为拉赫玛尼诺夫的邻居的家伙，他是谁？他自己也在秘密地写这本笔记吗？以及和我共用同一个笔名。

【鞭打机器人】昨天在书店里，我闻到了空气中奇异的苹果的味道（这来自于俄国诗人曼德尔斯塔姆的诗句），我在书架上看到莱姆的科幻作品《索拉里斯星》，看到了阿西莫夫的机器人系列小说，有四五种之多，有《机器人帝国》《负数的机器人》，等等，我马上给 S 打电话，我看到了你应该买的书，机器人的书。S 拒绝来书店和我见面，估计她正在家里和她刚买的二手采样器作战，比如把黎明采样成黑夜，把北京采样成一本书里的伦敦之类的（不过她真的几个月之后就去伦敦了，她的导师据说是位尼采专家，这个要是碰上 S 那火星样的噪音采样器还不真的疯掉，尼采是足够疯癫了，但是以研究他著名的专家都以冷静著称）。S 拒绝来书店和我会合买书，我于是在书店对门的咖啡馆里要了樽干姜水，加了冰块。一会儿我竟然昏昏睡去，然后一个人悻悻回家。第二天我看见 S 的 MSN 上的新名字是“鞭打机器人”，这和我昨天通过电话通知她的消息有关系吗？我们身体里的“黎明的病毒库都已经过期”了，我会回到田野，而S也会不时地走出尼采书里的疯癫，看着那些被“狠狠插进田野的机器人”在用火焰或者误点的火车来追赶夜莺。

【被烧灼的X光胶片】为什么我总要干预别人的工作，在郑连杰的绘画网站里我看他的水墨纸本的时候，强烈的幻觉再次出现了，我看到了他的水墨上被烧灼的X光胶片——他在纽约的一次行为艺术上，用X光胶片挡住自己的身体，我现在是看到（迟了10年的眺望，大海把她40瓦的灯泡放在一场冰雹的船上颠簸，亮度在生与死之间掌握着不确定的平衡）他的水墨和X光胶片旋转着更快速的纺锤，我也是这样了解了摄影术：是一种思想的欺骗，还是一种胶片化了的水墨，凝固的雪用了10年，我们重逢，互相认出——为了彼此的贫困，也为了道路，我在电话里匆忙地说着，穿中国旗袍的美国女人从马背上抽出了打着不同邮戳的信，但在你我之间，我们使用了同一名世界观邮递员。

《漂流餐桌》，我和郑谈起了我喜欢这个名字，他在纽约的一次展览，我完全不知道内容是什么，但是我被深深地刺痛了，不知道他为什么用drift这个词，而不是exile。但是这个名字消灭了我，那些坐在漂流餐桌上的圣徒们，将会和我的敌人们一起骑自行车回家，我将背诵黑燕子军团的歌谣，我会要求看他装在信封里的照片吗？我习惯了真理的黑暗，我的悲伤让我总在离开的时候碰到漂亮姑娘。我是那个交出自己诗歌的人——如那个突然闯进展览会场的女生所说，“我写的不是账单”，所以大海还如“漂流餐桌”一样带着夜的铺轨工一起摇动。

【古琴家蔡德允】她曾经为电影《孽海花》谱曲，很多年后我读她的词，不是为了一把把万古愁的田野解开的田野，而是为了你曾经为我读出来的词，我梦中的田野有着过时的雾的安静。我想起来了，在你不再操缦的那一刻，星斗转暗，我和她同为李清照。我和她羞愧于同为一个人，于是我解开我身体的琴，我用我的古琴可以眺望到的田野来聚拢她读出的秋风，我用着念错她的名字的鸟，我的目光如微弱的信仰烛照着她裙子的铁，让田野再次屈服于镣铐，让我再次跟着你。

Gmail 田野上打着手电的夜莺：缪斯归来。

“融满了积雪的梨”

在听一张ECM公司的唱片，中产阶级的爵士乐。在MSN上那戴着刺目大黑口罩的女生，生活美学的集权主义裙子，我叹息，我的写作又开始了；我叹息，我们的姐妹已经早于我们在路上；我叹息，早晨弄丢了她们黎明的鞋子。我接过了女护士手中的BlackBerry手提电话，说出了那个最不能容忍的地址。

地址：在交谈的时候安静下来的雪，屋顶被这个世界照耀得浅蓝。鞋子的冰，女接线员们在跺着脚取暖，马灯摇晃比藏在火苗中的花朵更害羞。

你还是孩子，你已经40岁了，或者50岁。

诗歌，是信仰的导火索还是无用的拧发条世界观，比铁更黑更冷，也更像在永远不会出版的回忆录里闪出一丝红光的大理石夜莺。

生活美学：命题作文的暴力剪刀，却伤害了暴君自己。

迷路与迷宫：那卖出小提琴的人，还来不及去窃走运河巨大而汹涌的海报。抱住我痛哭吧，身体的炸药如同“融满了积雪的梨”（意引自潇潇的诗句）。

F 昨天告诉我，我的书在光合书店，和莱辛的列侬还有也许是余秋雨的书放在一起，我的新邻居们，我还不知道该怎样去敲开他们的门。或者，他们还没有准备好容忍我用流亡来朗诵秋风。客人们彬彬有礼地绕过书店，去推开三楼咖啡馆的门，演出海报挡住他们的视线，有人用报纸在包裹小提琴。

一张唱片的练习曲

【编号 ESP4035】一张唱片的聆听越来越慢了，一张在1964 年录制的爵士乐唱片你要到 2008 年才有机会买回来听，那些有着炮灰般粉色的 1964 年的听力的秘密花园，谁是她的女主人和客人呢？《THE HILVERSUM SESSION》是可以用来清洗雪和听力的一种灵视体验，在这张唱片里，爵士乐手 Albert Ayler 把死亡的黑雪从我们的还来不及准备好爵士乐的恍惚的听力中洗去。

没有狂喜，没有复活。没有归来的路——但是，其实，除了我们这位穿着奇怪的白袍子的爵士乐灵视者，那些被他带入波涛汹涌的信仰暗夜的乐手孩子们都归来了：Don Cherry，Gary Peacock，Sunny Murray，这次被 ESP 那巨大的爵士乐幻觉所带走的一张唱片的迷途，将怎样改变这些合作者的心呢？黑人音乐家似乎从来不在演奏中去“找”那信仰的心，他们本身就在信仰当中。听着这张唱片，看 Albert Ayler 如何用一把萨克斯在把死亡猜成一座粉紫色的花园之塔。爵士乐成为背景，那些黑雪般的、炮灰般的夜晚也就这样涅磐了，涅磐前的小小的墓园，NO NAME。

宽带威士忌VS“火车的乳房在哪里”

【在宽带上吃掉苹果的小鸟】“这个早晨有点冷，而我刚刚认识你。”（是否还要背诵那首让“天空蓝得悲伤”的俄国女诗人的名句：“我们的相识已到暮年”？）宽带威士忌，你的美像一棵通电的李子树。

【“火车的乳房在哪里？”】三天前，在“今天派”程奇逢的家里的一次小型聚会上，我再一次听诗人严力朗诵那一首《还给我》，我用我的手机录下了诗人的20年后的朗诵，但到现在我还没有重新听它，或许，诗人的朗诵会在某个夜晚从我的手机上自动播送，向我索要那还给他朗诵的一刻。我和严力认识已经快20年了，今天在MSN上，身在香港修理“黎明最糟糕的雨衣”的诗人瓦兰再一次向我要严力的上海手机新号码，那黎明的低度酒，或者在我的诗歌里出现的“宽带威士忌”，让我只身在“北京的神秘写作”（小宗的来信里所言）回到酒徒们迟钝的摇摇晃晃的甲板上去，但我们的陆上行舟并没有出海，这是在严力为我们朗诵他的诗歌《还给我》的一刻，他用旧了我带来的流亡，辽阔的收音机密林已是明日黄花。

“火车的乳房在哪里？”

我前年的 MSN Blog 结集或许在 5 月份出版，在诗歌和随笔交替的“犯罪河岸”上（引用法国导演克鲁佐获爱伦·坡奖的一部黑色电影的片名），书名最后定为《家书·流亡编号》，但最初曾考虑用“穿旗袍的火车”这个名字。但那个名字让我想起张曼玉，过于波西米亚化了，在最后校对书样的时候，新的书名如闪电般照亮了我的脑海，于是我忘记穿着旗袍的火车，我奇怪地走下火车，来迎面走向那匆匆赶来的女主人公（或者那些充满了敌意的读者，他们将购买你过时的秘密的傲慢，在你的邮箱里奇怪地留言，如同在音乐会上迟到的演奏者）。

昨天，给正身在北京—上海特快列车上的诗人严力发手信，问及他坐火车的感受。一分钟后，诗人令人惊异的回复仿佛“来自刚刚熄灭的天空”（夏尔的诗）一下子把我惊起：“火车的乳房在哪里？”作为一个经常乘坐火车出门旅行的人，作为一个为那世纪的火车缝制“星空战袍”的来自异教的人，我自己几乎从来没有考虑过这个问题（诗性的角度？色情的角度或者是超现实主义的角度？），我甚至几乎要把我自己的作品集命名为“穿旗袍的火车”，但是即使是我沉醉在对“穿旗袍的火车”这个有点准色情的意象里的时候，我自己的脑海里也没有一丁点地“考虑”过这个问题：“火车的乳房在哪里？”难道穿着旗袍的火车不该有“乳房”吗？还是我愚蠢的诗歌头脑“看不到”这个有着言说不尽的“准哲学反情色问题”？

火车的乳房到底在哪里？我一下子竟然无法回答出这个问题？诗意的回答在哪里？照相机一般客观描述的回答在哪里？或者，色情的幻象或世界观的回答在哪里？刹那，我被严力的这个回复的问题给问愣住了，我不知道现在身在火车上读一本上海女作家的回忆录的诗人是否自己已经找到了这个答案没有。或者，他会为此写出另一首他的代表作，就像那首他写于30多年前的《还给我》那样，而即使他写出了这样一首诗歌，而把他运送回故乡的火车，是否肯把“火车的乳房”还给他？

事后，我装作若无其事的样子问我遇到的一个写过一本火车电影书而又读过点诗歌还跳点芭蕾的女同事（据说她现在正在写另一本关于火车的书）：“火车的乳房在哪里？”她惊奇地反问我，理解不了为什么我要问她这个奇怪而又变态的问题，火车是阴性的吗？乳房？车灯？或许这是一个只能问超现实诗人的问题，但是就是有100个超现实诗人，能为这个问题写100首关于“火车的乳房”的超现实诗歌吗？是的，偶尔坐了一次火车的缪斯，总是躲在暗处，悄悄地用这个“非关下半身”的小问题冷幽默地来折磨着诗人们毫无想象力的神经。或许我也会应题，来写下一首火车的乳房的诗歌，但是问题是，这个问题会有答案吗？为这个问题找一个答案或者写一首诗歌本身就是愚蠢的，虚空是不可言说的。

在30多年前，严力刚写出了他的《还给我》那一批诗歌的时代，他也许没有想到他以后会写出那么多的诗歌，诗歌到底还给了他什么呢？这一次我又来到他以前在北京上个世纪的家和“画室”，北京三里河三区的某处老宅邸，西靠玉渊潭公园，出门就是著名的“朦胧诗时代的13路公车总站”（诗人田晓青曾有专文来写这个13路车沿线的朦胧诗地址或者通道，几乎所有的天才诗人都离不开这个13路车沿线，都和这个运送漂流的诗歌和秘密聚会的地址有关。而我当年看的第一个抽象画展览也是在13路公车的第2站，三里河东口的工人俱乐部，画家唐平刚的画展，那个时候我还根本没有读过什么朦胧诗，不知道严力他们正在离此处不远的地方画着中国当代史上没有的星星画会创世纪。去年秋天，严力在当年的三里河工人俱乐部的对面一家上海菜馆，宴请了芒克等老《今天》的朋友们，诗人中岛曾有专门文字记述这次聚会。当然，这些和“火车的乳房”没什么关系，该是另一篇文字的主题了。）最近，我重新回到中国诗歌的早期时代，读严力等人当年的作品，也许是为了重新找到“火车的乳房在哪里”的答案，这肯定是徒劳的，但在当下这个“诗歌欢场”的时代，“乳房”到处可见，“火车”可是消失已久了。这就是林贤治反用王维的典故，称之为的中国诗歌的“空山”的时代。

在塔可夫斯基或者文德斯的电影里，火车穿越过广袤的田野和密林，开往一个不可知的未来；而在我最近看的日本电影导演小津的几乎每一部电影里，都几乎出现宿命般的“安静的奇迹”

的火车，在摄像机的镜头前，火车是穿着“田野的旗袍”吗？火车如铁般低飞的“大地上的夜莺”，来告诉诗人们还不是被唯一抛弃在这个寒冷广袤的大地的事物。火车那铁的流亡，火车那靠紧秋天的麦克风来朗诵地平线上的悲恸的早晨，以及那“缪斯曾化身为铁的火车”会把我们全部的诗歌揽入她那神秘的怀里，我们是这样在神的怀抱里吗？如荷尔德林在诗歌里所问的那样。

那么，回到那个问题“火车的乳房在哪里？”在那流亡的高速向未来前行的世纪之痛里，我看到田野里顶着死亡疯长成的庄稼（回忆一下老芒克写的那首诗歌吧“地里已经长出死者的白发／这使我相信人死后也能生长”），我们重新被星空的巨大虚空所哺育，田野那火车漫长的“乳房”，或者积满了雪的“一棵通电了的李子树”，将阻止还是命令我回到被诗歌所眺望的书桌上。因为所有的美都被摧毁，因为乘坐了火车的缪斯，忘记了自己也是照顾诗歌的神——对面的女孩头痛欲裂困倦异常，往事变得模糊了，她会合上一本更无聊的小说，比如《莎乐美与里尔克一起游俄罗斯》。“火车的乳房在哪里？”她借一位诗人的口说出，并没有在意在整列火车上其实并没有一个穿着旗袍的女孩突然向此投来神秘的一道天光。

“火车的乳房在哪里？”

鹤

【7点07分】被早晨抛弃的人，如同你爱上我一样羞涩，带着强烈的信仰般的被抛弃者的伤感，或者他一直以来的傲慢与蔑视，问："信仰是早上的鸟吗？或者是昨夜和妹妹的通话？需要信仰者的怀疑？"刚才醒来的时候，刺目的强光消失，我犹记得，在新的电台大楼里，我和H，可能还有J，找到了属于我们的满是耳机和监视器的录音房，H充满怀疑地问我，你买到了1938年的那一版巴赫大提琴唱片了吗？H从来不关心音乐，我多么希望她会俯身吻我，信仰的烛光或者斧头，在那一刻是没有意义的，在梦里我交出了眺望者的镣铐，我对她的爱像以往的愚蠢一样执着、坚定。我知道有一天我会醒来，而不管是H还是J，她们现在正在黎明般拥挤的公共电车上，属于别人。

【7点23分】在这个时刻，我裹着军用毛毯在写作。昨天接到的第一个电话来自电影演员安雅，该和她说点什么呢？我感到我突然被照亮，而她在雨中的上海，依旧被电影里的跟踪者困扰着，我觉得我回到了我的前世，继续跟着军队撤退，战火纷飞的年代仍旧被我们藏在身体深处的某个地方，而我答应为她写的采访还没有完成，一双嫩稚的手在行军途中握紧手电照亮着我的写作——

那是在什么时候？在帐篷或者马背摇晃的写作过程中，我记起了我的脚布满了燎起的水疱，却想不起我身边的女战士的姓名，她应该酷似我自己的姐妹，在我的每一生，菩萨都保护着我，我知道，总有一天我会回到故乡，如果我紧跟着你，我也会被你的骄傲所蔑视着，那早上举灯的手充满了霜降的味道，我是否回到了另一个自我，即使是在梦中我也没有忘记带着你，回来。

【7 点 58 分】K 开始迟疑地问我，在你重新开始的写作中，出现了过多的你的现实中朋友们的名字，比如李岱昀、盛洁、老沈、殿下，比如甚至是那些和你擦肩而过的人，你是因为——认出了她们？还是因为你的写作返回到现实当中？徐的老婆林也向我转述着她丈夫的话，你认识的都是进入文学史里的人：D、W、O 还有严力，而徐在他多年的采访生涯里从未听说过我——在荒僻的外省小书店，我看到徐上个月出版的书，荒谬地摆在那里。而我的书显然还无人问津，我感到我被诗神责备着，于是我转身回到我的朋友们中间。

海鸥作业

【0】潜水员们从穹顶上取回音叉，羞怯的信仰般的听力借走了界限：请你，请你爱我吧，不要失去了工作为了回信，为了那像田野般消失的邮差，我记录下不属于我的句子：被冰镇过的太阳烧焦了那些铁锚，黑得如铅的纺线像被黎明借走了一样。我记录不下我前夜做的一个梦，那些赶路者的车抛锚了，我在20分钟后用罗盘来测量……荒谬的诗歌。我的亲人们都回到厨房里来等着赞美我，诗歌是这样干扰了黎明的吗？一本书未读出的部分，我没有记住地址就在这个冬天换胶卷的喀嚓声音里，从每一棵树里取出照相机，那些被命名为白桦树的抵抗着地平线的“最糟糕的暗房”，在你向它们索取用够一个桂冠的荆棘或嫩叶时，秘密地告诉你，信仰是野蛮的，掠夺性的，这是最靠近我写作的时刻，我用两台打字机来解散风暴们的聚会。

【0-A】昨天，在MSN上我告诉K：“中国的独立摄影师都有最糟糕的暗房。”他们一般使用被废弃的仓库、厨房或挡了棉被的洗手间来从黑暗中取出他们的底片。我看了我的朋友摄影师的履历，工作事件“古怪”地停留在2003年之前，我们不知道她最近5年时间在拍摄什么。摄影师是比我们提前退休的人。他

们对于照相机并不会比诗人知道得更多些——让我就这样展现我的愚蠢吧：在另一位以古怪的苛求而著称的摄影师那里，我看着他的“暗房”工作台上那些大约有 80 多个“路由器”的仪器问，这些是接宽带用的——路由器——吗？为什么需要怎么多？Z 不屑的回答充满了震惊：“这些是——移动硬盘——装数码照片用的。”

于是，那些不用胶片机拍照的摄影师，把对这个世界的傲慢传染给我。全部的摄影的愚蠢的洞穴在我们身体的哪里呢？我回到我写过的最糟糕的诗歌里，帮助又一次黎明找到刽子手，“让我们还是先谈谈爵士乐吧。在那些摄影师通完电话后，对美的行刑又开始了。”

几乎所有的采访都是冒犯。我想起去年在出入境管理处，拍照的警官小姐礼貌地请我换另一副无玻璃镜片的眼镜——为了拍照时不反光。我的护照照片在几秒钟内就拍好了。警官小姐告诉我她大约已经为几万或者 10 万人拍过护照肖像。这里面有什么怪癖的哲学话题吗？我会悄悄地爱上黑格尔。在摄影的边界处，摄影师的镜头失去了意义。是的，肯定有什么被那位警官小姐给彬彬有礼地“没收”了，那些要通过海关的摄影师们被取消了对摄影秘密的信仰般的第六感，回到了凡人中间。

摇滚歌星 H 借走了我的“非专业照相机”，我看着她派来的快递身手敏捷地消失在暮色之中，真理外面的关卡顿时变得毫无意义，每一次贫困里为了掩盖噩梦而出现的夜莺，会跟着我，在睡觉前取下眼镜，召唤那些隐形的牢骚者在说明书上划满绿线。

密集的监视者们睡着了，如同“海鸥作业”（意取自摄影师梁小曼的作品）。我在另一间照相机店铺前停住，我像一个回家的人那样反对自我，在这条古老的街道上，我徒劳地推开每一家照相机商店的门，寻找柜台后堂的暗房，或者黑眼珠的女营业员，当她们徒劳地帮我拨通一位想转让他的1934年古董照相机的摄影师的电话号码，我听到了话筒那边傲慢的声音，我是收集底片者，我被每一位摄影师的傲慢所抛弃着，我是回到了田野的被眺望过的地址。

【缪斯的秘密】诗人高写出了那首关于卡夫卡或者尼采的旅馆的诗歌之后，诗神允许他以后每况愈下。而我今年也没有写出一首诗歌，我在忙于采访的时候，会被身后的人猛地拍了一下肩膀，我担心那些最终伪装成摄影师的人们当中，有人从他们的手册上抹去我的名字，为了让我更快地和真理面对面，信仰是和你没关系的，你认不出那归来的人，他们藏起夜莺，用一座被废弃的工厂和你说话。

西蒙娜·韦依的读书笔记

【非电影 Simone Weil】再次推迟看那部 1956 年的《一袭灰衣万缕情》格里高里·派克的老电影，事实上这个礼拜我都在看希区柯克的电影，《西北偏北》我已经是第 30 几次看了，在《Marnie》里，我看见这位诡异派大师又在开场前几分钟让自己出现在镜头里：只有几秒钟的时间，他走出旅馆房间转头看了一眼观众。可能在每个导演那里都有这样一种“证明自己在现场的 1 秒钟凝望”的虚荣心吧。上一次在《鸟》里也是，希区柯克在电影开始出现在电影里，牵着狗和女主角错肩而过，把我吓了一跳。在这从片场到现场的“一秒钟电影史”里，我们自己的傲慢认出他了吗？

这些天在看贝拉·塔尔最具反电影色彩的《伦敦来的人》的时候，西姆农的侦探长镜头里会有反希区柯克的味道吗？开始读刚刚买到的法国思想家西蒙娜·韦依的厚达 900 多页的传记，被深深吸引住了，但是与此同时内心却强烈地渴望去找出那部《芳名萨宾娜》来重看，难道神秘主义女子西蒙娜·韦依仅仅是电影的一个“特典”吗？我在国内几乎找不到好的西蒙娜的著作选本，因此只好从她的个人传记开始，寻找那个在电影之外的一秒钟的

“希区柯克的凝望”。在西蒙娜的传记里，记录了她家的老女仆“从前曾服侍过在天主教学院任图书管理员的朗格鲁瓦神甫”说的一句话：“西蒙娜，这是个圣人。”信仰是这样被认出的吗？很多年以后西蒙娜在西班牙前线照相（那张她背着步枪冲镜头微笑的著名照片），或者她在马赛的咖啡馆里和崇拜者们谈哲学的时候，她还会记得那个在夏尔勒的老女人的“预言”吗？喜欢读《罪与罚》的西蒙娜小时候是个捣蛋鬼，她写道：“我的命运与我同伴——我的心与他在一起跳动。”

喜欢背诵诗歌的这个女孩子“有两个方面是不成功的”，她的地图绘制和图画总是得零分，当母亲去找绘画老师“解释”西蒙娜是因为手的血液循环不好、笨拙而无法完成绘画的时候，老师拍打着前额回答她缺的不是这个而是这个。可能在某些作者身上都有这个西蒙娜的世界观盲点的，当年我就是因为画法几何课不及格而被赶出建筑学院的，当年我几乎总是彻夜在绘图教室里把青春全用在绘制上了。前些天我和建筑师朋友 H 说起我痛苦的预备建筑师生涯的时候，在得知了我当年的专业后，她在电话那边纠正我说，你学的不是建筑师，你是给排水专业。这样的“差别之大”就像是神学和哲学一样充满了荒谬的鸿沟和不可调和性。

在这部西蒙娜之书里，羞怯的小女生当老师过去拥抱她的时候，“脸气得通红”。而他的哥哥安德烈对参加婚礼感到厌烦，他发誓说从此不参加任何婚礼，甚至包括他自己的婚礼。他不知道这句话对西蒙娜的影响有多么大。有的时候在阅读西蒙娜的神秘传记的时候我会发生错觉，我总是幻觉到法国的超现实主义诗人夏尔写过专门的为西蒙娜的组诗，诗歌总是在最不着意的地点“纠缠”于信仰，哪怕大错特错。2008 年我买的第一本书就是这本西蒙娜·佩特雷蒙特的传记书，在国家图书馆我突然意识到我必须拐弯走进那家不起眼的减价书店，在美女 H 的诧异中，我从书架的最下层抽出了这本 3 年前出的书，我可能知道我以前错过了什么，“等着我不及格的消息吧……”在我随手翻到的书页里西蒙娜这样说，她比我们知道，在这个时代，夜莺无名，而收集信仰是最可疑或者过时的。

【缺席或在现场】在上个礼拜收到的最新一期《艺术与投资》杂志上，我吃惊地读到了这样的话：“在场的重要性是共识的，但是缺席的重要性却是被忽视的。缺席也是一种在场，是一种个人价值观和态度的在场。”这是画家王鲁炎在访问记中的回答。缺席当然是一种更为重要的在场。虽然艺术家是通过作品的“缺席”来说话的，但是作品不能被及时运到展览会上，或者“迟到”很多年，比如说 20 年或者 30 年才终见“天日”，在场成为一种回顾，那么来说，当年的缺席就只是一种被推迟了的另一种在场了，缺席和在场没有什么本质的不同。那么，当下的“缺席”会影响未来吗？在场的一方，相对于缺席的那一方来讲，不也是缺席吗？有的时候，这种“在场的缺席”更为可怕，恰是缪斯女神被遮蔽时代的最重要特点。

最近一直在读索尔仁尼琴的传记《牛犊顶橡树》，“我始终重视和偏爱地下出版物。”老索在书中说。也许，在场的最好诠释，就是这种“牛犊顶橡树”意义的缺席。我必须更加拼命地进入“生死两茫茫”的创作。从今天开始，我用艳照门的受害者女主角阿娇的话来做我的 MSN 的新签名：“过去我很天真，很傻。”

【困倦的摄影】为了即将举行的《街道摄影展》，带《城市中国》杂志社的编辑们去看我的邻居的摄影作品，我向他们推荐的非常出色的老一代黑白摄影家。在现场，我好几次极其丢脸地困倦地睡着了，不是因为他的摄影太乏味，或者是他的那些照片不对我的欣赏路线，而是我那一天确实太疲倦了。在此之前的 20 多个小时的阅读和整理写作笔记之后。而且，那一次的“探访片场”因为其中一名编辑要乘飞机从别的城市赶来，我们是深夜抵达摄影家的家的。

被融雪压弯的葡萄藤或马克斯·邬里克的慢镜头

【被融雪压弯的葡萄藤】我请德国画家 MAX UHLIG（马克斯·邬里克）为我签名，德语里树群的雪乘着电梯急遽地下降，我是最后一名观众。17 点 38 分，画廊的灯光暗下来，我们，女诗人潇潇、陈、艾要躲过警报器，打着雪亮的手电看画廊里的大幅油画吗？我的名片交到了女翻译手里，我努力记住她的名字，但是她记不住我诗歌的傲慢。

37 幅绘画作品，来自德累斯顿；我被通知参加 MAX UHLIG 的开幕酒会，但是找不到一瓶德累斯顿的红酒，那有着德文名字的"被融雪压弯了的葡萄藤"在画幅上怒放，每一个名字里都有镇定的止痛药，我头晕，我朗读我从未写出来的诗歌；

1937 年出生的德国画家 MAX UHLIG 名字里有静悄悄的异教徒的火，我们交谈于他不曾画过的我的肖像，用 1 分钟的时间葡萄藤使那融雪冒烟，安静是蓝色的，MAX UHLIG 的那些画在现实里从来就没有存在过。走出画廊 10 分钟后，我才开始头痛欲裂，我的脑海里出现了强烈的 UHLIG 的大幅作品，那些召唤来青春的色块们，极权的铁和铅变成有力的海鸥编织方阵。一首保罗·策兰般神秘的诗歌，我从我店铺般颠簸的浩淼秋天之海里，拿出雪亮的签名，如果你朗诵过你就有羞愧的权利。

来的人命令我学习着黎明拱起腰的寂静来进入一位70多岁的老人的大的树群，肖像般把我们遗忘的树群，你的词口吃并结结巴巴地问路：躲避着秋天的画廊，身体的画廊，我像搭车人那样扭过头去不说话，我说话那些咬紧了云彩止痛的鸟儿们就不呼吸。我说话你就不会嫁给我，你会骑着自行车让我的肉体梦到微弱的闪电，用铅笔连接到a点到b点或者无穷的蓝色的红的曲线，请偷偷记录下你的地址。我问路般地羞涩，你来安慰我我就知道我看完了100幅MAX UHLIG的作品你把白贝壳藏在手心里。

20世纪80年代，德累斯顿萨克森新画派艺术家MAX UHlIG被大的树群突然照亮，而在他65岁从艺术学院退休后才找到东方式的安静，这是他的大借口。但是起码在2009年4月14日下午4点他的北京画展开幕式上他说，他有100多支毛笔，比中国的画家们更会运用毛笔，而他是从哪一年开始“悄悄”地和一家中国的南方小毛笔厂定做毛笔，是一种画家的天命呢？还是一种古怪的迷信。那些借用了我们信仰的人，在被融雪压弯了的葡萄藤上，找到了被伪装成家乡话的春天的牢房。在画展的外面空地上，运送MAX UHLIG大幅作品的松木箱还凌乱地放在那里，画展的开幕式画册甚至来不及被送到展览现场，匆忙赶来的不多的观众互相认识着，是什么使这位德国老人的画展如此匆忙地举行，为了赶在什么前面？我在那带着布的铃铛的住址上找着答案，徒劳地如蜜月般树群有重复又相斥的引力，我在一幅作品前，谁在楼上的另一幅 UHLIG 作品前读出“蓝色的花束和融雪般压弯了的葡萄藤”，没有被没收邮票的交流不是野兽主义的，落拓的诗人在意大利市场被截住要求看手相；我要求着你的新娘——让我们聊天吧。

【我在陡峭的楼梯上睁着眼睛】 秋天的花束啊；是秋天的花束使事物的曲线发亮：不是因为火，而是脑波图扫描过更浩淼的黑暗。数群肖像，妹妹们穿着僧衣远离碗钵的边缘亮着，如果你是这样忍受如融雪般缓慢地袭击着你的葡萄藤，如果你厌倦了我园丁的敏感烧掉的信件：为了花朵把那些“脖子抽筋”的渡轮拉回幽暗的海面，我着火般地把手提电话扔给女诗人 G，她用家乡话藏起在北京东郊匆忙进行的画展开幕式，那些在船头有木制圣像的 X 光机，从被扫描的飞越航线的海鸥的心脏里读出我的名字：uhlig max——uhlig——UHLIG，口吃的星星们如被缠绕了融雪的葡萄藤所燃烧，我还将放弃写作吗？太阳或冰，雪亮的手电从在夜间巡逻的人手里借到了被抚慰的波浪，我的耳朵聋了，1937 年走在强烈的阳光里的速写。

丢掉行李吧，MAX UHLIG 对我说。如果模特儿安慰着被他丢掉了行李的悲伤，他会把密集的钉子钉到那些叶子的眼睛里，他会用德累斯顿的 X 光机扫描每一顶炊烟的帐篷和那些在登记表上作弊的护士们的心。

【航线扭曲了轮毂的突然爆炸的花，不在乎夜的白色】铸钟者使用一部旧电影胶片来扫描那肉体的帐篷，被融雪的葡萄藤压弯了的游魂般的画廊女主人该一起跟着被关闭了的房屋祈祷吗？熄灯的愤怒的海岸线，鸟儿们的脑海里浮现出的舵让我和 UHLIG 头晕并把握住那驰进的黄金的大船。

观察一位 70 岁老人的把我领入睡眠的签名，姐妹们再次来晚了；为什么我没有在电话里通知瓦里亚娜，小小的被领入了星空的傲慢啊，在那里出现在模特身上有力的黑色曲线，是为了让事物的灯亮起来。

迷信几乎接近信仰，宁静把人群留在大地上重新焕发了我的青春；慢镜头的雪，在震耳欲聋的集市上没有为每个人打开的墙都有强劲的等着熄灭的灯，都有拥挤的旅行者穿越时留下的叹息，我的鞋子如火焰般燃烧，道路上的神疲倦了，和我一样光着头伸手请求搭车，但是我们的傲慢没有目的地。

肖像的宁静与愤怒都有大的树群。

【黑帽系的表现主义画家】 田野上的风景正在撤消着雷霆的传单，我起晚了。挂着身体的帐篷上唯一的一盏灯泡眺望着这我与他共有的一个秋天，去追赶夜莺吧，不要在乎这里含混的命名，我的拜访还没有穿着袜子，不要在乎敲门声，我不知道黎明是从哪里出发的。

我几乎不知道为什么黎明在我转身的一刹那就用旧了他的伞。爵士乐的树群挡住了小提琴的神秘。我现在领悟了，我在等待的时候领悟了，我不再被你带着的时候领悟于迷途的雪。

亲爱的 WICKS：你将代替 MAX UHLIG 的名字挽救我于昨夜的世界。瓶子从桌上愤怒地飞出，雪肯定忘记嫩叶，我的姐妹安静地睡着了。

来自德累斯顿的表现主义画家 MAX UHLIG 抛开他的首次中国个人画展去颐和园，买鸟的叫声的北京话。有一个孩子认出他了，与我相反的瞬间，我用每一棵树的 X 光机扫描波光明耀的水波和用旧了风景的老灵魂，我也戴着墨镜去排队看荷花，每一场地震开始用中文来统计生者和死者梦到夜莺的次数，这对于无名的怀着小小的傲慢来这里的人来说几乎是徒劳的。

昨天，我和德国画家 MAX UHLIG 各自缓慢地在他的作品树群前交叉行走仿佛是排练，每个人都没有带小提琴就可以用秋天的麦克风说话，但连接我们荒谬的噩梦的是 18 岁的中国杭州的女翻译，请认真地握好我好吗？没有买票的人在离开秋天，我不知道该在这一幅画还是那一幅画面前看她们在照相，论文比集权的裙子更荒谬，系着安全带的孩子们在参加唯物论的考试，少年们的足球跳过那些黯然失色的葡萄藤，烧焦了的天空开始在多年后化雪。

戴着小黑帽的表现主义画家，用雪亮的说不出中文的手电在国家的走廊里摸黑行走，像一名刚收留了流浪猫的诗人要全力应付他的私家车年检。石块上浮现出蓝色花束的脸，这是多年前的慷慨的耻辱，请解放这些人体的葡萄藤吧如铁幕后波涛滚滚的铁蒺藜，请解救这些要彻底地消灭着融雪的葡萄藤，或者我的姑娘们忍于把这些铁蒺藜和大师画中安静的葡萄藤编织到一起，我推迟了和我的客人们见面的时间，踏满了波浪的草鞋走进铁的欲飞的树群肖像。

黑帽系的残酷的星星啊，热的几乎是梯子般陡峭的星星们啊，秋天那“自由的牢房”脱掉那融雪的葡萄藤的外衣，我在桌前急促地写信，打字机是每一个刚刚挣脱了狠狠缠绕了铁蒺藜的、带着夜空下降的降落伞。

在 MAX UHLIG 的绘画里，那些如铁蒺藜般的噩梦缠绕的被融雪压弯了的葡萄藤，以及愤怒地挣脱掉这集权的轮廓的肖像画，让我看到了他的风景画的真谛。而回到田野上去，几乎是他一生的努力，这位戴着小黑帽的，突然“仓促”地出现在北京的表现主义画家，交出了他的打着雪亮的不说中文的手电的夜空。

后 记

写在《融摄·光之树 1937》之后的话

宋 逖

摄影仿佛阿兰·佩特森（Allan Pettersson）作曲中所强调的光的意象。也如同诗人和安妮·赛克斯顿出色的译者金重说的那样："木头，已经做成了船。"2017 年 6 月，金重在美国出版了由他编选、翻译的《大篷车中国诗选》上线亚马逊网站了。在 WeChat 上，我在西班牙特内里费岛认识的舞蹈教师夏静指出我那张被收入诗选里的坐在树下的照片的"地点错误"，"这不是 Miao Miao 拍摄的那张照片吗？这不是在马德里，这可是在特岛的阿德赫镇啊。"的确是这样，摄影将光的意象伪装成我们的地址，甚至是错误的地址——但是那里，也许才有诗会产生。还是在夜间的 WeChat 上，我和金重谈起他的一位女性朋友新出版的诗集——《马德里的千斤重阳光》，为什么不是马德里的千吨重阳光呢？我那天深夜在他的朋友圈回复着：

和金重谈论一本书的名字
为什么不是马德里千吨重的阳光
为什么不是千吨重的马德里阳光
说西班牙语的圣母们都在
这样的层面祈祷着
当我在马德里的那些日子里
她们在我耳边低语
如果一首诗错失马德里千吨重的阳光
西班牙在我心里——
而“木头，已经成船了”。

是的，虽然诗无尽头（ENDLESS POETRY），但“木头，已经成船了”，诗歌的“大篷车”朝向那未完成的光的意象——这一切的确需要并非只是马德里的千吨重的阳光啊。木头，已经成船了。而光的意象，和并非只来自马德里的千吨重的阳光并非只在高空，也充盈在木头的深处，那是光之大篷车啊。光的意象同样来自我们的自身，来自我们写的和未写的每一首诗歌。只有这样，才会像金重说的，那“木头，已经成船了”。

也是在这个夏天，我才听出了瑞典表现主义作曲家阿兰·佩特森那些交响乐里刺目如雪的“光之意象”，或者说在一次次的聆听中感受他作曲里的“光的道路”。这些开始照耀着我的光在我的诗歌中开始折射，即使命运犹如“彼此凝望的深渊”，但是在那个指向不确定和可能性的方向上总会有一列光的高铁为我们开来，这也让我的诗歌才写到今天。

在这样的层面上，也让我认识到，写诗犹如“光的禅观”在目送乡愁离去。我在 Instagram 上追踪的好友不过 20 多个人，其中还有六七个 BlackBerry 推送号。但是有一天我突然被 Instagram 推送的一幅西班牙女摄影师的黑白照片所震惊。没错，是震惊。在海边，风和看起来像是灰白色的光线吹拂着草，日光照耀在天空和大地上，两只木头桩“剧烈”地挺立在我们浩淼的视野前，而一只鸟在飞向前方。整幅黑白摄影好似充满了光的味道，好似充满了那种诗无尽头的幻觉感。我甚至立刻感受到一种强烈的充满了白光的耳鸣，剧烈的光的轰鸣。这是谁拍摄的？这是从哪里就这样被奇迹般推送到我眼前的“光的禅观”啊。停了好一阵子，我才缓过神来，那两只因为镜头视角的关系而“挡在我的视野前”的木头桩（它们还是树吗？但是在镜头前，仍然带着光在生长，仿佛饱含了秋天之光的光之树。）这让我再次想起诗人金重和我说过的话——“木头，已经成船了”。是这样的。在我的脑海里“咔哒”一下，真的完成了。我觉得我找到了我这部个人诗集的精神性“封面”。“就用这幅照片，这好像就是缪斯女神为你本人，为你这一生所准备的。”是这样的，当时我就是这种感觉。不是找到一首诗歌，而是找到了我全部的诗歌，找到了朝向未来的命运，也找到了那来自 1937 年的光之树。

“就让它来当你的新书的封面摄影。”我感到诗歌本身在这样对我说话，我于是立刻行动起来，看这是谁拍摄了这样一张黑白摄影照片。我在这名名为“maruxi-84”的 Instagram 上留言，去看她拍摄的照片墙，然后发现摄影师是位居住在西班牙加利西亚地方的女子。她拍摄西班牙的港口和大海，拍摄在旅途中用纸张折叠的小绿马，话剧舞台上的演出，拍摄光和怀旧感强烈的黑白照片，好像使用的是摩托罗拉手机来摄影的。我给她留了言，然后等了好像 20 多个小时，她上来 Instagram 后我使用我极为糟糕的英语和她踉踉跄跄地对话，好在她是懂英语和西班牙语的教师，她答应我可以使用她的这张照片来作为我的新书的封面。她告诉我她有空也喜欢写点东西，读有关文学的书和旅行。她告诉我她的名字是“Maruxa Gesto”（马璐查·赫斯托），对我找到她偶然拍下的这张照片感到有点“意外”。“去年有一队中国学生来到我们学校学习交流。”“It was an amazing experience。”凝望着这张 Maruxa Gesto 拍摄的摄影作品，我感到这也好像是一幅来自 1937 年那样的年代的照片，而且我猜想女摄影师本人也许会喜欢拉赫玛尼诺夫的音乐。我感到我仿佛聆听到拉赫玛尼诺夫音乐中光的味道，音乐响起，诗无尽头。同时，在这样的照片面前，我觉得我也对我自己的诗歌有了新的洞察力。这样的摄影作品，来帮助你完成你的诗歌。来推动你也进入到这张由一名西班牙女子拍摄摄影照片的“光的禅观”中，就像那句话所说的那样——“心性直指”，进入到充满了光的理解的诗歌完成的当下。

感谢马璐查·赫斯托拍摄了这样一张摄影照片。缪斯总是恰到好处的。在这幅马璐查·赫斯托的摄影前景上的木桩显示着多么有质感和坚定的内在啊。仿佛我们不能再忍受或早已经接受的平庸的生活那样（语出蓝蓝的诗），这木头，是“已经成船”了吗？还是给我们更秋天的“准备”。这曾经是两棵李子树吗？还是曾经诗人所眺望的两棵柿子树，像塔尔科夫斯基电影里的那树一样奉献。像我今天早上写下的半首诗那样：

但是我们早就接受了在她
的诗里写的
那些柿子树了啊
早就接受了她的悲伤

但是，我是说我还没有接受
她告诉我的
关于秋天为什么在一棵宝蓝
深色的柿子树下
变成悲伤的狮子的事实。

在这样一幅马璐查·赫斯托的有着“过去的未来”的黑白照片面前，我突然觉得我从 20 世纪 80 年代末期开始的漫长的诗歌生涯是一种“准备”，正如是去年年底（2016 年的圣诞节）在西班牙南部的特岛我感觉到我才“醒来”，意识到自己应该去完成什么样的诗歌，诗歌是一种这样意义的“换气”和“醒觉”。记得我最早读到的策兰的德文－英文双语诗集是 Michael Hamburger 英译的那本橙色封面的诗集，是托朋友从美国专门邮递回来的，等邮递就好像等了两个多月。然后为了找到俄国诗人曼德尔斯塔姆晚期的诗歌，我又搞到了好几种英译的版本，还有阿赫玛托娃的英译本全集，完全是和我从汉语的译本里不一样的“光”——这或许才是真正的阿赫玛托娃在俄语里高贵的灵魂在向我显现。这些来自英语的缪斯耳语完全不在意我自己那糟糕得不能再糟糕的英语水准，把我直接带入到新的未来、新的理解和可能性中去。更为重要的是，由垮掉派大胡子艾伦·金斯堡编选的他的师父秋阳·创巴仁波切的英语诗集《及时雨》，以及那部同样是艾伦来作序的《First Thought，Best Thought——108Poems》让我领略着“诗歌的核心”。而那张著名的艾伦和秋阳·创巴在一起的照片，总是让我没来由地想起我最爱的瑞典表现主义作曲家阿兰·佩特森，他们两个人都是大胡子，戴黑色镜框的近视眼镜，神态相貌在我看来很相似的。有的时候我觉得听阿兰的交响乐会更能理解艾伦·金斯堡的诗歌，而读后者的诗歌我头脑里轰鸣的是那个绝望的瑞典人的旋律。

我的朋友知道我是这样“重视”阿兰·佩特森这位前小提琴手的表现主义音乐，会问我还会回到我以前喜爱的拉赫玛尼诺夫的音乐世界中去吗。我个人觉得他们两者是一样的，在作曲中涌现的光之意象，仿佛来自过去，也仿佛来自未来，交织成“过去的未来”，而宁静深沉的祈祷让我们注意到深含其中的光之凝视，光之禅观。去年，在马德里的书店里我有幸买到了意大利藏学家 Namkhai Norbu 仁波切在 1999 年出版的诗集《在医院的道歌和其他的诗》，仿佛水晶与光道的传递，将我的心放到本初念的层面，能读到这样珍贵的诗歌，我想我是能更深刻地理解到诗歌是一重什么样性质的醒觉，更宁静的凝视和“融摄”。正是这样的精神意义上的“最珍贵的光”的传承，让我们在从学习者成为真正意义上的作者，成为诗人。诗歌也正是这样意义上的“光之树”，让我们去“First Thought，Best Thought”。

是的，这样的光的记忆驻满了我们自身，记得瑞典诗人特朗斯特罗默曾谈及，诗歌是多么愚蠢的期待啊。特翁那首关于穹顶的诗歌每次想起总是给我以不可抑制的感动和“醒来”：

穹顶层叠，无法尽望
几只蜡烛在晃闪
一个没有面孔的天使在抱住我
用低语穿透我的身体
“自豪些，不要因为你是人而感到羞耻”
你体内的穹顶正在层层打开
你不会完善，一切都已注定
我热泪盈眶
和尤纳斯夫妇，特纳嘉先生以及莎白蒂妮小姐

被推入阳光喧嚣的广场
穹顶在他们的体内层层地打开
【李笠 译】

像我这样的人尽管是“怀着多么愚蠢的期待”，是写不出这样的诗的。还是那次西班牙之旅，在巴塞罗那高迪圣家族大教堂，我随着参观者们乘电梯上到几百米高的教堂建筑，俯瞰秋天的景色，蓝天和依旧施工的高架起重机。然后通过内部旋转楼梯走下来，在黑暗和窒息的向下的过程中，身边的女孩已然不见踪影，后面的来自德国的一群女孩的声音也消失了，一对老夫妇好像也没有跟在我后面从这个狭窄得让我突然感到窒息和神秘的楼梯下来。我感到我的恐高症犯了，但是必须这样走下去，不知道走了多久，10 分钟还是半个小时，我双腿颤抖着推开前面突然出现的窄门，强烈的刺目而宁静的光海刹那涌现仿佛充满我的整个身体——外面是有着坚实地面和参观人群的一层大殿，在我眼前赫然出现的美丽的女引导员系着红色围巾，冲我微笑。我感到我换了一重人生一样，脑海里赫然想起的就是特朗斯特罗默的这首诗，天使在刚才的那刻曾经抱住我了吗？我体内日光的穹顶已经重重打开了吗？可是不管怎样，我感到我双腿依旧颤抖着，热泪盈眶。仿佛诗歌也是如这样一般，一切早已注定。

这样的注定，之前在策兰或阿赫玛托娃的诗歌里读到的时候我还不会真正地去懂得。正如如果在 10 年或 20 年前，在这幅马璐查·赫斯托的黑白照片前我不会“看到”那么多，看到我自己诗歌里的 1937 年的“光之树”。如果是在以前，这两只突兀地挡在镜头前的暗色调的木桩甚至会将之视为摄影的“障碍”，这被日光击打晒黑的木头啊，突兀地立在我们的视野前。但是，它们却更是饱含了光的存在。是充盈着古老的至高的光的全体，是光之树的实在象征。不正是只有这样的“木头”，才可以“成船”吗。这样的经历着每日每刻“溃败”的“木头”——我们甚至视之为“障碍”的东西，正是诗歌里写的那宝蓝深色的柿子树，是变为狮子的悲伤，变为融摄的光的意象，和向蓝天开放的源泉之始终吗？如果心存这样干净的祈祷，诗歌会最终变为本有的洞察力，变为 1937 年夜间厨房桌子上那“俄文版的绿度母仪轨文”，变为我们前世曾经熟识的一切的歌谣，那过去的未来。

而那只在马璐查·赫斯托摄影作品里出现的那只飞向前方的鸟，那是云雀或鸥鸟都不重要，重要的是它就出现在我们必须要去经历的前方的天空下。它也让我们更为理解这幅充满了怀旧的乡愁的黑白照片。那是“要逃掉的”未来或过往吗？那是 1937 年或 1976 年写作者手上的那同一只神秘的“灰鹦鹉”吗？这几天我一直反复读着由王家新翻译的这首保罗·策兰的诗歌。

那逃掉的

那逃掉的灰鹦鹉

在你的嘴里
念经

你听着雨
并猜测这一次它也
是上帝。

这是一首很少有人注意到的策兰的小诗，但是诗人王家新却注意到了这“唯一一次出现的”策兰的“灰鹦鹉”，并为此写了专门的文字。而我在以往的多次阅读中却“漏掉”了这首灰鹦鹉之诗。但是此刻却“震惊”了我——马璐查·赫斯托可能无意中拍摄下的那只黑鸟，此刻也在我的嘴里“念经”——要写过多少沧桑的诗篇，才能感受到这口中的念经声啊。这是灵视意义上的听与看，甚至可以说是禅观了——“她前来凝视”。已经有很久我没有去读策兰的诗歌了，但是这一次——“那逃掉的”，藉助了一名西班牙女摄影师的黑白照片才让我重新觉知到的策兰的“灰鹦鹉”，将我重新带入了策兰晚期晦涩的流亡的词源。不一定是夜莺或云雀，一只“灰鹦鹉”最终会在我们的“嘴”里喃喃自语着念经。如果你曾经拥有这样的时刻——“木头，成船了。”

这些天，仿佛也是内在的要求，我下单订购了 CPO 公司出版的俄国作曲家普罗科菲耶夫的《在第聂伯河上》，这样的有时是突如其来的冲动我也说不清楚是为什么。在我的幻觉中，总是觉得这张 CPO 公司出版的《在第聂伯河上》是美剧《国土安全》里的女主角卡莉最喜欢听的一张古典音乐唱片了。真的是这样吗?事实真相或许是无论是《国土安全》里的卡莉还是她的扮演者可能事实上都从来没有机会听过这张唱片。1937 年的普罗科菲耶夫的其人其音乐对于她们来说都是极为遥远的汹涌时间铁幕的另一边的一切。也许只有我这样的人，才会在一张其实无关第聂伯河的历史录音上听出那充满了光的意象的 1937 年的光之树，才会在意 1937 年的拉赫玛尼诺夫在哪里，在做什么。才会在意 1937 年的普罗科菲耶夫是否已经准备好来完成那首事关第聂伯河的乐章?也才会在意 1937 年这个世界还没有一首保罗·策兰的诗歌该怎么办。还会在意要再晚一年时间，伟大的藏学家、学者、诗人和教授 Namkhai Norbu 才会出生，并在 20 世纪 50 年代才会去意大利担任图齐教授的助手，开始写书和教授古老的传承。而这一切都是我诗歌的源泉啊。透过这一切，我才发现了在我嘴里“念经的”那只时时要“逃掉”的“灰鹦鹉”。2017 年，我重新回到聆听拉赫玛尼诺夫的音乐，我感到我对他的理解才真正开始。

也许我应该不要再徒劳地在“油管”上找拉赫玛尼诺夫 1937 年在做什么的视频，因为诗歌可能就是那个“在隔壁房间里给我们发电邮的姑娘”。在 2017 年的这个夏天，我才读到王家新大概是写于去年的一组《旁注之诗》，那首给阿赫玛托娃的只有四行，但是却延续打开百年的诗歌史:

那在1941年夏天逼近你房子上空的火星
我在2016年的冬天才看见了它
灾难已过去了吗？我不知道
当我们拉开距离，现实才置于眼前。

这首让我“意外”的诗歌剧烈地将另一个阿赫玛托娃推到我的眼前，我感到我一下子成为了在1992年身在靠近西伯利亚的白令海峡的那个人。为什么1941年的火星要到2016年的冬天才能被诗人所“看到”，是岁月和死亡在这样让——“当我们拉开距离”吗？而什么样的现实让1941年的那个阿赫玛托娃的“火星”在2016年再次为我们所看到呢？这是王家新甚或说是阿赫玛托娃以及曼德尔斯塔姆的诗歌观、时空观。如此被拉开的令人战栗的时空交织着的是，我们巨大的溃败、过去的未来，命运的不可说或终于可以这样说，诗歌不再是那个在隔壁房间发电邮的姑娘，而是历经沧桑的女诗人本人。是说西班牙语的圣母，是在十字路口等红绿灯的12个度母们。这让我们“在2016年的冬天才看见”。在中国，在汉语诗歌里，只有一小部分人才这样写诗，写出诗的“一行”。

我想起在2016年的5月14日，诗人特意送给我他刚拿到的《我的世纪，我的野兽》一书，给我的题词写着：“而敏感的紫色墨水依然在写，拖着星尘的尾巴。”这不正是诗人们看到的那1941

年的火星吗？或者——1937 年来访问灾难和现实的火星，让整整一年都豁然开朗，促动我们和大地拉开距离，让“现实才置于眼前”。2017 年诗人满 60 岁了，而我认识他也已经满 27 年。经过这样的诗歌的旁注，我感到我读懂了诗人让我们去看的——“那在 1941 年夏天逼近你房子上空的火星”。在这充满了光华的“报身凝视”中，敏感的紫色墨水仍然在写，拖着星尘的尾巴啊。在中国，没有一个人这样写诗，没有一个人以这样的方式来让诗歌的“木头，已经成船”，但是他——为我们这个时代找到了，诗歌的旁注之“一行”，让现实置于我们眼前。

总是有诗人会来问我，在我诗歌中出现的 1937 年这个年份是否有特殊的含义呢？那棵 1937 年的光之树和你诗歌中所写的 2016 年的光之树又有什么联系呢？这几个月我一直在断断续续地重新读曼德尔斯塔姆写在 1937 年的那些晚期诗篇，那些沃罗涅日之作。“如果我的敌人带走我。”曼写于 1937 年 3 月的诗篇，如何进入他最神秘的晚期沃罗涅日世纪，唯有一遍遍地聆听着 Oskar Fried 在 1937 年录下的那张 arbiter 唱片公司出版的《Cultural Death》唱片，透过曼在 1936 年 12 月 26 日写下的“从一所房子，一所真正的房子的窗口”来进入曼的 1937 年，去窥望那“望出去，是一长串遥远的雪橇辙痕”。那首著名的《你还活着》的诗篇就是写于 1937 年的年初：“你还活着，你不是孤单一人 / 你还有个乞讨的女友为伴。”该拿我的肉体怎么办，这唯一属于我的东西。

1937 年 1 月 19 日，曼终于写下那首《如今我被织进光的蛛网》，在这名俄罗斯最绝望的天才的笔下，那棵 1937 年的“光之树”被写出来了。

人们需要光，需要清澈发蓝的空气
需要面包和高加索山峰上的雪。

“但是，没有人可以就此询问，哪里——我可以张望。”在这样的世纪时刻，“无论是在乌拉尔，还是在克里米亚，都没有如此透明的哭泣的石头”。仿佛饱含了光的石头在透明和哭泣，这大概是诗人在为世纪性的诗歌所贡献出来的“晚期性质的灵视”吧。

人们需要属于他们自己的诗
整天都因为它而醒着
沐浴在它的声音里——
那亚麻般卷曲、光的头发的波浪——

在这样的视野中，“曾经，眼睛比磨过的镰刀还要锋利——在瞳孔中，一只布谷鸟，一滴露水”，而这充满了的光流量，在勉力辨认着的是“一道黑暗、孤单的星系”。飞速的光被磨成一束来到我们身边，这还仅仅是在那个过于久远的夏天逼近你的房子的火星吗？在 1937 年，曼这样写出他在至高的光中的“幻听”，

“梨花和樱桃花瞄准了我 / 它们的力量脆弱，但从不错过”，这是多么致命的时代之殇啊，它们“突然间来到”。地平线敞开，信使带来的却是新的惩罚，为“缪斯们命定护送的死者”会记得住那在 1937 年的光之年为他们献出恐惧和值班的这位世纪的诗歌天才。1989 年的 9 月，我第一次读到菲野翻译的那本《跨世纪抒情》的时候，读到曼德尔斯塔姆的 10 多首诗歌，我还完全不知道他是谁。那个时代还没有可供我使用的互联网，我要到差不多七八年后才拥有自己的第一台 IBM 电脑，根本无法上 Google 或维基去找曼德尔斯塔姆是谁，去找他更多的诗。而正是在那个时候开始，曼的诗歌和拉赫玛尼诺夫的音乐把我“融摄”为 2017 年的这个“我”——在这样的，几乎是透过这样的“外语”来进入、纠正、融摄我们自己的“母语”，作为诗人我才能写出我自己的“诗歌一行”，那只终于在我们“嘴里念经的”鸟儿才没有被“逃掉”。

大约在 1992 年或者 1994 年的那个冬天，我买下了 BMG 公司的那套拉赫玛尼诺夫在 1919—1942 年的历史录音全集，也就是在中国爱乐者口里传说的拉赫“绿盒”，其实只有 10 张 CD 激光唱片，但是当时 800 多元的天价用去了我一个月的工资。这套拉赫玛尼诺夫从此成为我秘不示人的镇宅之宝。在冬天的深夜，正是聆听着这套拉赫玛尼诺夫的唱片，听着作曲家本人弹奏的钢琴，我进入对曼德尔斯塔姆、茨维塔耶娃等白银时代诗人的诗歌世纪。拉赫玛尼诺夫的音乐给这一切定了流亡与乡愁的基调。拉赫玛尼诺夫本人的全部音乐创作几乎都完成于 1936 年，他最后的一部可以说自传性质的俄国抒情史诗第三交响曲完成于瑞士 1936 年的夏天。而首演则是在 1936 年的岁末。这是向 1937 年这个神秘的年份的一个献礼吗？作曲家的全部工作在 1937 年之前已经完成了，1937 年成为一个分界线，既指向旧世界的往昔乡愁，也指向未来不确定的新世纪，即是曼德尔斯塔姆诗歌中预言的更为凶猛的世纪。而我多年来最长聆听的就是拉赫玛尼诺夫本人，在 1939 年指挥的这个版本的第三交响曲。在这里似乎能放下、融摄我的全部诗歌和整个一生。在这样的音乐的照耀和激励下写作和生活，才有意义。我很多时候都是在这样想。拉赫玛尼诺夫的交响乐唱片我几乎是见到一个版本就收入一个版本，但是内心最能引起共鸣的还是作曲家本人在 1939 年指挥的这一套唱片，那种初听似乎是过时了的乡愁和溃败感，那种“流亡的休克”般喷涌而出的晚期的雪，那种宁静得已经引起了你的耳鸣的轰鸣的雪，以及在如此强烈的融摄和醒觉状态出现的光的意象。1937 年的光之树，重新造就着一名诗人去成为他尚未完成的方向。正是这样的爱乐时刻，在我小如鸽笼的爱乐小屋里，聆听着 JBL4430 监听扬声器，在我的眼前展现了新世界的田野和地平线。正是从这样一座真正房子的窗口（如曼德尔斯塔姆在诗歌里所写的那样），透过了障碍和波涛汹涌的新世界的不确定，我越过了“边界”，看到了缪斯们的那一边——“望出去，是一长串遥远的雪橇辙痕”。

那是1937年的“雪橇辙痕”，所以在长达数年的停笔过后，在2016年年底的西班牙马德里和特岛，我又重新开始写作。我感到了我新的诗歌里的变化，新的呼吸和光的意象，这一切却又似乎来自旧的年代，甚至来自我已经完全忘记的前世，来自那棵在1937年激励着作曲家本人的“光之树”。前不久我买入了钢琴家阿什肯纳吉指挥的拉赫玛尼诺夫第三交响曲，感觉演绎上并未契入到乡愁的本质，有点过于表面化了。不过我注意到阿什肯纳吉却是出生在1937年这个敏感而特别的年份，出生在莫斯科附近的高尔基城。

也正是因为拉赫玛尼诺夫的这套在1992年出版的历史录音“绿盒”让我进入了爱乐新的世纪，所以我最初曾经考虑将我的这本诗集取名为《拉赫玛尼诺夫的邻居》。事实上，我刊发在《今天》杂志上的两首组诗《流亡编年史》和《交响套曲》很大程度上灵感都是来自拉赫玛尼诺夫的音乐，来自在他的音乐里读曼德尔斯塔姆的感想，写的也是1937年那个时代的往事。昨日之乡愁已经远去了吗？我们目送乡愁离去了吗？在1959年阿什肯纳吉弹奏的拉赫玛尼诺夫的钢琴协奏曲里，在20世纪90年代普烈文指挥的拉赫玛尼诺夫交响乐全集里，拉赫玛尼诺夫就是我们的当下存在，他的音乐一直在我们的时代，像马勒一样，拉赫玛尼诺夫是我们的同时代人。2017年初，我和朋友在马德里到巴塞罗那的早晨高铁上，这还是我第一次在欧洲坐火车旅行。高铁离开黎明前的马德里车站时，大地上布满了浓重的雾霭，几乎完全看不到任何景色和灯光。强烈的大雾让高铁缓慢地前行，然后天光打开了前方，透过车窗看到的依旧是布满了田野的大雾，这和特岛那南方的气候可完全不同。火车就这样向前开着，车厢里的大部分人都在睡觉。然后，几乎是突然的，我清晰地看见雾气在前方消失了，好像有一道神奇的界线挡住了从马德里开始蔓延过来的大雾，前方开始是清晰的视野，雾气在这里消失了。而我回头，在列车身后突然归入寂静的充满了雾气的田野上空，好像，赫然出现了一棵布满了光的树，由光交织而成的意象之树，似乎在融摄着这一切。火车、地平线、田野、大地上的白帐篷和早晨。记忆和旧世界。也就是在这一刻，我头脑里出现了一个意象，为什么不把我的诗集取名为“1937 年的光之树”呢？于是，这个有点神秘有点“意外”的新书名《融摄·光之树 1937》就这样在欧洲的高铁上诞生了。

是的，这个书名是在火车上诞生的，这段时间我重新聆听那个时代的作曲家的作品，比如在拉赫玛尼诺夫“另一侧”的几位作曲家，1931 年出生的古拜杜丽娜（Sofia Gubaidulina），这位有着鞑靼血统的女作曲家对我有极为重要的意义，1937 年她六岁，她在瑞典 BIS 唱片公司出版的唱片我几乎都有。另一位 1934 年出生的作曲家施尼特克（Alfred Schnittke）也是经历“光之树 1937”的大师，在 1998 年去世。同样在 BIS 唱片留下了大约 30 多张的重要录音。在另一个重要的德国 ECM 唱片公司的目录上，这两位作曲家的作品也是我主要收集的目标，也让我的诗歌有了“流亡基准”。另外正是 ECM 这个出过几千张唱片但都是用黑白摄影做唱片封面的德国公司，也许潜在让我一见到马璐查·赫斯托的那张照片的第一眼就产生了就用它来做我的诗集封面的念头。我觉得，在那个遥远的 1937 年的平行宇宙空间里，一定有另一名女子也拍摄下这同一张照片，而那向着如白桦树皮展开的大海“逃掉的”那只鸟儿，会是同一只吗?

在我一首关于作曲家维恩伯格（Mieczyslaw Weinberg）的光的意象的诗歌里，我写到听苏契·盖佐谈火车这样的细节。苏契·盖佐的诗集《太阳上》刚刚在中国被翻译出版，而且只收录了 17 首诗歌。一首他写克罗日瓦尔的诗歌一下子袭入我的记忆：

在一个十一月的夜晚，由于担心抄家，
我把一盒录音带投进了河中。那上面
录的是你的声音；想来你知道，这是
哪一盘。

从那至今，每当我走上这萨莫什大桥
总能从河水里听到你。

这是一位 1953 年出生的匈牙利诗人写的关于被投入河流的一盘“录音带”的诗歌，克罗日瓦尔即今天的罗马尼亚西北部的克卢日－纳波卡市，在历史上曾经隶属于匈牙利王国。在这首六七行的短诗前，我突然彻底放松下来，原来，这就是诗歌本身啊，那“录了你的声音的”一盒录音带，因为担心而被投入河中，“从那至今”，每次“我”走上这大桥的时刻——“总能从河水里听到你的声音”。我们自己的女主人公，命运的缪斯女神，或是那个在 1937 年的远东的大雪里练琴的玛丽娅·尤迪娜，都曾经拥有这样的一盘“录音带”，而且知道录的是什么，知道“这是哪一盘”。苏契·盖佐的这首诗歌也许向我们描绘的是诗歌从界线的“另一边”被传递过来的过程。我自己有着大约几千张激光唱片的收藏，但是却几乎没有一盘“录音带”——这样该如何听到来自录音带之年的声音呢？而在苏契·盖佐的另外一首诗歌里，这位超现实主义诗人这样写道：

你将火车的铿锵轰鸣积攒在舌下，
你不知道：你是在吻她，还是在吻另一个正离去的人？
【余泽民 译】

不过，2017 年的 5 月，我在我的朋友盛洁的现场音乐会上，买了一盘她的新专辑，不是激光 CD，而是复古的录音带。我不清楚为什么她会出版录音带专辑，专辑的名字叫《Liberate Haze》，翻译成中文就是“自由的迷雾”。第二天晚上我用我那台还能工作的日本产磁带录音机接上 JBL4430 监听音箱来听，效果简直迷幻极了，盛洁的即兴大提琴和她以前我听过的现场完全不一样了。我把电话打过去告诉盛洁我听她的录音带的感受，那边回答我说她自己还没有听到呢。因为以前的磁带机早就坏了，她前几天刚下单购买的磁带机还在漫长的邮路上耽搁。我的这本书里有一首诗歌是写给她和现在定居挪威的艺术家李岱昀的。在我看来，她们都是北京最重要的艺术家，10 年前我经常去盛洁在安定门附近的公寓，参加他们搞得 patry，记得有一次盛洁和李岱昀还包了饺子，做了意大利面什么的，在聚会上还有女孩披着军大衣，让我恍然错入到 20 世纪 80 年代末朦胧诗人们的诗歌聚会的幻觉，记得当时还认识了李岱昀的闺蜜关小，这几年成了经常做展览的女艺术家。而我们共同的另一位艺术家朋友苏航，专注于对声音的研究，他后来还指点我找到了我心仪的 JBL 旧款扬声器，他自己对古董音箱的研究，让他在爱乐圈里成为大神级的人物。正是在他家里，我看到了他收藏的那张著名的指挥家伯恩斯坦的绝版 LP 唱片，我自己找了好几年也没有买到。有的时候我想，和他们之间的友谊，形成了我诗歌的另一种性质的维度。

感谢无央（郭易伟）先生将“Integrate”这个词翻译为“融摄”，并最先在中文世界使用这个词。这样诗意和富于洞察力的翻译也让我的一本诗集得以完成。感谢他许可我使用这个充满了新的可能性的词作为我诗集的名字——《融摄·光之树 1937》。同样也感谢西班牙的马璐查·赫斯托女士给予我授权使用她拍摄的这张黑白摄影作品当做我的诗集的封面摄影。

这样说来，在生命中再也没有比做一名诗人更愚蠢和更幸运的事了。将这本书献给我古老的传承，献给我的朋友们，是他们在“说服”我成为一名诗人，尽管“雪不在乎”（金重语），尽管我的诗最后会变成歌。在1937年夏天的瑞士，完成第三交响曲的作曲家拉赫玛尼诺夫在发愁如何读到他的仍旧在国内的老朋友们的诗歌，他踌躇着是否去敲响他的邻居的门，而为缪斯所注定的一刻就是这样到来的——透过那“一所真正房子的窗口”望出去，他看到的则是那仿佛来自故国的恍若隔世的“一长串的雪橇辙痕”。